文春文庫

パリ発殺人列車 十津川警部の逆転

西村京太郎

パリ発殺人列車　十津川警部の逆転／目次

パリ発殺人列車　十津川警部の逆転

第一章　フランスからの招待状

1

七月末に、一通の招待状が、警視庁に届けられた。

フランス語と英語で印刷された招待状には、次のように書かれていた。


〈現在の主要国における犯罪の特徴は、大都市型の犯罪の増加と、凶悪化であります。

そこで、来る十月十五日より三日間、グルノーブルに、世界主要都市の市警察の代表者に集まっていただき、その現状と対応策を話し合い、合わせて、親睦《しんぼく》を図りたいと考えました。東京警視庁からも、可能ならば二名の第一線の警察官に来ていただき、この企画に参加していただきたいと思います。ご返事をお待ちしております。

尊敬をこめて。

七月二十四日

パリ警視庁
ジャン・ポール・ファルー〉

招待状には、大会の説明書がついていた。

それによると、招待状は、イギリス、アメリカ、ドイツ、カナダ、ソビエト、イタリアなどの大都市の警察に出されたとあった。

グルノーブルの三日間の宿泊費と、パリ—東京間の往復の航空運賃は、パリ警視庁が負担する。

また、パリからグルノーブル間には特別列車を走らせるので、その車内で親睦を図ってもらいたい。シャンパン、サンドイッチなどは、無料で提供される。ただし、TGVを利用される方は、自由である。

夫人同伴も差し支えないが、夫人の旅費、宿泊費は、本人が負担していただきたい。

参加者の紹介パンフレットを作りたいので、なるべく早く、二名の名前と略歴、それに写真を送ってもらいたい。

そうしたことが、書いてあった。

総監は、すぐ二名を選んで、行かせることにした。最近の犯罪は、国境を越えることが多い。殺人犯が、簡単に、東南アジアはもとより、アメリカ、ヨーロッパに逃亡してしまう。それを考えると、こうした機会に第一線の刑事を参加させ、各国の刑事たちと顔合わせをしておいたほうがいいと、判断したのである。

人選を頼まれた三上《みかみ》刑事部長は、本多《ほんだ》捜査一課長と相談し、捜査一課の十津川《とつがわ》と亀井《かめい》の二人の刑事を選んだ。

二人は、三上に対して礼をいうと同時に、

「できれば、一人は、将来を考えて、若い刑事を行かせてくれませんか」

とも、いった。亀井はさらに、

「私は、語学が苦手ですから、フランスへ行っても、向こうの人とうまく意見を交換できる自信がありません。それなら、フランス語のできる若い刑事を、派遣してください」

「カメさん。通訳をつけてくれるそうだよ。だから、大丈夫さ」

と、本多一課長は笑ってから、部長に向かって、

「どうでしょう？　十津川君と亀井君のコンビは、自信を持って世界の刑事たちに会わせられますが、若い刑事に、こんなチャンスを経験させてやりたいとも思います」

「それはわかるが、二名しか招待されないんだよ」

三上部長が、眉をひそめた。

「ですから、若い刑事は、警視庁の予算で、グルノーブルに行かせてやってくれません

か。これは、警視庁にとっても、損にはならないはずです」

と、本多はすすめた。

「若い刑事一人を、三日間か。どのくらいの費用が要《い》るのかね？」

「五十万から百万の間と思います」

「とにかく、相談してみよう」

と、三上はいった。

誰がどう説得してくれたかわからないが、若い刑事も同行できることになり、その人選が十津川に委《まか》された。

十津川は、亀井と相談し、二十代の若い刑事であること、フランス語ができることを最低の条件にして、選考に当たった。

その結果、白井敬《しらいたかし》という二十八歳の刑事が選ばれた。同じ捜査一課だが、十津川と一度も、一緒に仕事をしたことはない刑事である。

だが、大学時代は、フランス文学をやっていたし、頭の切れることは、自他ともに認めている男だった。

身長も一八五センチはあり、外国の刑事の間に入っても、見劣りはしないだろう。

すぐ、警視庁として、十津川と亀井の二人を正式の代表として、白井敬をその随伴《ずいはん》ということで、パリ警視庁に回答した。

2

パリ警視庁から、二人分のエール・フランスの切符と、正式な招待状が届けられた。

また、白井刑事が来ることも、差し支えない旨《むね》の手紙も届いた。

十月に入ると、グルノーブルでの三日間の大会スケジュールと、出席者たちの名簿が送られてきた。

しかし、日本の場合のような、分単位の詳細なスケジュール表ではなく、ちょっと頼りないような、大ざっぱなものだった。

例えば、第一日目の十月十五日についていえば、次のように書かれていた。

一四時四〇分　パリ（リヨン駅）発特別列車→一九時三〇分　グルノーブル着
特別列車の名称は、「警察の友号」
二〇時三〇分より、市民ホールにて歓迎パーティ

書いてあるのは、それだけだった。どんなパーティで、誰が挨拶《あいさつ》し、何人程度のものかはまったくわからない。

名簿のほうは、写真入りで、出席する刑事の略歴や趣味がのっていて、便利だった。ロンドン警視庁（スコットランド・ヤード）からも、二名の刑事が出席することになっていて、どんな事件を手がけたかが、箇条書きになっていた。それは、まるで勲章のように、ずらりと並べてあるのだ。

ニューヨーク市警や、ローマ市警の刑事の場合も同じだった。

「ＪＡＰＯＮ」のページには、十津川と亀井の名前と写真が、ちゃんとのっているのだが、経歴の部分が他の国の刑事に比べて、極端に短かった。

十津川と亀井は、くわしく経歴を書いて送ったし、関係した事件についても、いくつかを列記しておいたのだが、それがまったく記載されていないのである。

最初、空白の多いページに腹を立てたが、考えてみると、無理はないと思った。日本では、連日、新聞、テレビを賑《にぎ》わした幼児連続殺人だったとしても、ヨーロッパでは、ほとんど報道されなかったかもしれないからである。

それに反して、ロンドンの地下鉄の車内で、若い女性が刺殺されたという事件は、多分、パリやニューヨークのマスコミも、大きく取りあげただろう。

おそらく、その違いが名簿に表われているのだと、十津川は思った。

アジアからは、東京警視庁のほかに、マニラ警察からも、二名の刑事が出席することになっていたが、この二人のページも、空白の部分が大きかった。東京とマニラで起きる事件は、同じように、世界では小さくしか扱われていないのである。政治的な事件は、別にしてだった。

十津川たち三人は、十月十四日二一時〇〇分成田発のエール・フランスで、パリに向かった。

機内で、なんとなく、気が重くなってきたのは、いやでも、日本の警察の代表という恰好《かっこう》になってしまったからだった。

「まあ、気楽に行ってきたまえ」

と三上部長はいったが、その言葉の奥に、日本の警察の恥になるようなことだけはするなという空気が、いっぱいだった。

なにごともなく、三日間を過ごせればいいが、もし、なにかミスでもすれば、待っていたように、日本のマスコミは、書き立てるに違いないのである。

若い白井は、結構、嬉しそうにしていたが、亀井は、律義《りちぎ》な男だから、機内ではなかなか眠れないようだった。

翌十五日の朝、エール・フランス273便は、パリのドゴール空港に着いた。二時間おくれである。

日本なら必ず、迎えに誰かが来てくれているはずだが、ゲートを出て、いくら見廻しても、パリ警視庁の刑事の姿もないし、パトカーの気配もない。

これは、十津川たちが日本の刑事だからというのではなく、今日の一四時四〇分に、特別列車に乗るように知らせてあるから、別に、空港へ迎えに行く必要はないと、割り切っているのだろう。

とりあえず、十津川たちは、空港内の銀行窓口で、百ドルほど両替をした。とくに小銭を持っていないと、不便だと思ったからである。

「特別列車の出発まで、まだ、十分、時間がありますから、ちらりとパリの市内見物をしませんか」

と、白井がいった。

日本から持ってきたパリの地図を見ると、パリ・リヨン駅は、バスティーユ広場の近く、セーヌにも近い。

パリの市内に入らなければならないのである。

三人は、市内へ行くエール・フランスのリムジンバスに乗った。一人、三十五フランである。

バスの座席に腰を下ろすと、やっと、フランスに着いたのだという実感がわいてきた。エール・フランスの乗客の半分近くが日本人だったし、空港の税関で並んだときも、日本人の団体客でいっぱいだった。リムジンバスの中も、どうせ、日本人だらけだろうと思っていたのだが、日本人は、十津川たち三人だけだった。

考えてみると、日本人の団体客は、特別にチャーターしたバスで、さっさと先に行ってしまったらしい。

空港から市内まで、幅の広い直線区間の長い道路が走っている。別に有料道路ではないのだが、日本のハイウェイより立派で、バスも高速で飛ばす。

「日本の車が、見当たりませんね」

と、亀井が感心したようにいった。

アメリカでも東南アジアでも、やたらと日本車が走っていたものだが、このフランスでは、まったくといっていいほど、走っていない。アメリカの車も見当たらず、フランスの小さな車が、百キロを越すスピードで走り廻っていた。

三人は、終着《ターミナル》の国際センターでバスを降りた。

地図で見ると、市の中心というより、市の西部、ブーローニュの森の近くである。

ここがターミナルになっているのは、どうやら、エール・フランス系のホテルが、近くにあるせいらしかった。

ここから、バスや地下鉄を使ってと思ったのだが、荷物が重い。そこで、フランス語のできる白井に、タクシーを拾わせることにした。

手早く市内見物をし、一四時には、パリ・リヨン駅に着いていること。

それを運転手によく教えて、タクシーに乗った。

運転手は、色の浅黒い、小柄な東洋人で、ベトナム人だということだった。車は中古だが、ありがたいことに大型のシトロエンである。

まず、凱旋門《がいせんもん》を見て、ロータリーを廻り、シャンゼリゼ大通りを、コンコルド広場に向かった。三人とも、完全にお上《のぼ》りさんの感じで、見覚えのある建物が近づくと、肯《うなず》き合ったりしていた。

予算は、切りつめようということで、昼食は、パンとエビアン（有料の飲料水）を買い、セーヌ河岸の公園のベンチに腰を下ろして、通過する遊覧船を眺めながらすませた。

東京より、一カ月は、寒いだろうと思って来たのだが、十月のパリは、思ったより暖かく、歩くと汗ばむほどだった。

アメリカ人らしい、若い観光客の中には、Tシャツで歩いている者もいた。その一方で、黒いコートの襟《えり》を立てて歩いているパリジェンヌの姿もあって、なにやら、夏の終わりと冬の初めが、同居している感じだった。いつも、今ごろのパリは、こんな気候なのだろうか。

午後二時には、パリ・リヨン駅に着いた。

ここは、南フランス、スイス、イタリアなどへ行く列車の発着駅で、フランスの新幹線TGVも、ここから出発する。

最初、そちらのホームへ行ってしまったが、駅員に聞き直し、一番端のホームに足を運んだ。

五両編成の特別列車が待っていて、ホームでは受付が始まっていた。

十津川たちは、そこで初めて、パリ警視庁の広報担当官に会った。ヨーロッパ人にしてはちょっと小柄で、刑事というより、芸術家といった顔立ちの男である。

名前は、シャルル・J・ポール。四十歳ぐらいと思ったが、実際はもっと若いのかもしれない。

「フランスは、日本の刑事を歓迎しますよ」

と、シャルルはいい、握手を交わした。

受付は、若い婦人警官がやっていた。全員、なかなかの美人で、十津川たちが名前をいうと、用意してある名札を胸につけてくれ、紙製のアタッシェケースが渡された。

招待客は、あとからあとから到着して、ホームにあふれてきた。

十津川たちのように、きちんと背広を着ている者もいれば、ブルゾン姿の刑事もいる。揃いのブレザーで来ているのは、この日のために特別に誂《あつら》えたのだろう。

アメリカからは、ニューヨークとシカゴの二つの警察から、代表が来ていたが、四人とも揃って二メートル近い巨漢で、ニューヨークの刑事は、一人は背広姿だが、もう一人はスニーカーにジーンズ、Tシャツという恰好をしていた。

フランスは、パリ警視庁が主役だが、他の警察署からも刑事が来ているらしく、二、三十人の大所帯を作っている。

十津川たちは、押される恰好で、「警察の友号」と呼ばれる列車に乗り込んだ。

最後尾の5号車に腰を下ろし、荷物を網棚にのせてから、十津川は、渡された紙のアタッシェケースを開けてみた。

グルノーブルの市街図があり、それと、今回の会場となる市民会館の場所やホテルなどが、書き込んであった。

スケジュールが、大ざっぱすぎると思っていたのだが、さすがにここまでくると、詳細なものが作られていた。

だが、今度は、その過密ぶりに驚いてしまった。なにしろ、世界じゅうの刑事が、集まってきているのである。

二日目の十六日には、フランスのTV局のインタビューがあるのだが、十五分きざみのスケジュールで、一三時四五分～一四時〇〇分が、十津川と亀井になっている。

そのほか、各国の新聞社のインタビューが、それに続いて行なわれると書いてあった。

そういえば、この特別列車にも、胸にTVやプレスの札をつけた記者たちが、何人か乗り込んでくるようだった。

今日の夜開かれる歓迎パーティについても、前よりは、詳しく内容が書かれていた。

どうやら、グルノーブル市長や、市警察署の署長の挨拶などもあるらしい。フランス人は、堅苦しいことは嫌いだろうと思っていたのだが、名士の挨拶というのは、別なのかもしれない。

列車は、定刻より三十分おくれて発車した。おくれた理由は、相変わらず不明である。

3

さっきのシャルルが、顔をのぞかせて、

「何か困ったことは、ありませんか？」

と、英語できいた。遠い島国から参加したということで、心配になったらしく、このあと、十津川たちを、各国の市警察の刑事たちに紹介してくれた。

3号車がカウンター形式のコーナーになっていて、シャンパンやビール、コーヒーなどが出され、グルノーブルまでの五時間、楽しく談笑しようということのようだった。

シャンパンを何杯も飲んで、早くもご機嫌になっている刑事もいれば、コーヒーを飲みながら、熱心に話し合っている刑事もいる。

十津川と亀井は、ロンドン警視庁の刑事の一人と親しくなった。

名前は、デニス・ウィーバー。十津川と同じくらいの年齢で、日本にも二回ほど行ったことがあるという。

「もちろん、私用で家内と行きました」

と、デニスは、わかりやすい、クインズ・イングリッシュで話してくれた。

「もう一人の方は、どこにいらっしゃるんですか？」

亀井がきくと、デニスは、バーのほうに眼をやって、

「向こうにいますよ。私の上役です。呼びましょう」

と、いい、カウンターのほうに歩いていった。

上司というので、大男を連想したのだが、デニスが連れてきたのは、背の高い、四十五、六歳の女性だった。

眼の青さが印象的な、エリザベス警視である。

エリザベスは、見下すような眼で、十津川と亀井を見てから、

「日本の警察は、今でも、直感と拷問《ごうもん》で、事件を解決しているそうですわね？」

と、決めつけるようないい方をした。

十津川は、びっくりして、

「そんなことは、ありませんよ。とくに、拷問などは、法律で固く禁止されています」

「しかし、先日、日本で冤罪《えんざい》で、死刑の判決を受け、二十年ぶりに無実がわかったという人のことを、TVでやっていましたわ。大変な拷問を受けて、嘘の自供をしてしまったと証言していましたよ。今でも、拷問が行なわれている証拠じゃありませんか？」

エリザベスは、じっと十津川を見つめていった。

（ああ、あの事件か）

と、十津川は思ったが、どう弁解してもうまくいくまいと思い、

「われわれの捜査は、科学的であること、客観的であることをモットーにしています。それが誇りでもあります。東京へ来て、視察されれば、簡単にわかっていただけますが」

と、だけいった。

エリザベスは、小さく肩をすくめ、

「信じられませんね」

「日本に帰ったら、必ずご招待申しあげますよ。エリザベス警視」

と、十津川はいった。

エリザベスは、別にありがとうともいわず、カウンターのほうへ歩いていってしまった。

デニスが、申しわけないという顔で、

「彼女は、イギリスの旧家の娘さんで、優秀ですが、どうしても、独断的な考えを披露する癖がありましてね」

「旧家というと、爵位《しゃくい》のある方ですか？」

と、十津川はきいてみた。

「公爵の娘さんです」

「わかりましたが、日本の警察が、いまだに封建時代のような捜査をしていると思われるのは、困りますね」

「彼女には、よくいっておきますよ」

と、デニスがいったとき、カウンターのほうで、急に歓声があがった。

大男が二人、カウンターを挟んで、腕角力《うでずもう》を始めたのだ。

片方のTシャツ姿は、たしかニューヨーク市警の刑事だったはずである。もう一人は、地味な背広姿である。途中から上衣を脱ぎ捨て、ワイシャツの腕をまくりあげた。こちらも、負けず劣らず、筋骨隆々《きんこつりゅうりゅう》としている。

「モスクワ警察のミハイロフ刑事ですよ」

と、デニスが教えてくれた。

二人の大男の対決が面白いというので、たちまち人垣ができて、十津川たちのいる場所からは、見えなくなってしまった。

「白井刑事は、どこに行ったんだ？」

と、十津川は周囲を見廻した。

4

亀井は、他の車両を見にいって、戻ってくると、

「彼は、なかなかの男ですよ」

と、十津川に向かって笑った。

「どうしたんだ？」

「得意のフランス語で、若いパリ警視庁の婦人警官とお喋りをしていました」

「白井刑事は、独身だったね？」

「そうです。したがって、相手が独身なら、スキャンダルの心配はありません」

「なんだか、羨《うらや》ましそうだね？」

と、十津川が笑うと、亀井は、

「たしかに、羨ましいですよ。私が二十代のころは、外国へ行って、外国の若い女性と話し合うチャンスなんか、まったくありませんでしたから」

「たしかに、それはいえるね」

と、十津川も肯いた。

彼の置かれていた社会状況ということもあるし、彼自身の性格もある。

十津川は、戦後生まれだし、外国人に対して、別に劣等感は持っていないのだが、それでも、つき合うとき、かまえてしまう。どこかに、負けるものかという意識が働いてしまうのだ。

その点、今の若者は、羨ましいと思うことが多い。別に、身構えずにつき合えるようだからだ。

不安もある。

こちらの気持ちは、通じないわけがないと、頭から信じて、つき合っているような気がする点である。

それは、危険な誤解ではないのか。

車窓には、延々と平坦な畠が続いている。

ときどき、グリーンの牧場が現われるが、十津川の眼から見れば、同じような景色である。

駅の周辺には、さすがに家並みが広がり、車が並び、人の姿も見えるのだが、駅を離れると、再び、広大な畠と雑木林だけになって、人の姿はめったに見えなくなる。

畠の真ん中に、耕作用のトラクターが、ぽつんと置かれているが、それが視界から消えるまで、動く気配がない。

「広いですねえ」

と、亀井が感心している。

「こんな景色を見ていると、フランスというのは、農業国だというのがわかるね」

「乾杯しよう！」

と、突然、英語でいわれ、十津川と亀井は、強引にシャンパングラスを手に持たされた。

さっき、モスクワ警察の刑事と腕角力をしていたニューヨーク市警の刑事だった。

彼は、ロンドン警視庁のデニスにもシャンパングラスを持たせ、次々に注《そそ》いでいった。

「さあ、友情に乾杯だ！」

と、ニューヨーク市警の刑事は、大声でいった。

デニスと十津川は、苦笑しながら、相手に合わせてグラスをあげた。

アメリカの新聞記者が、「もう一度」と、指を一本あげてアンコールし、フラッシュをたいた。
三十二、三歳の若い記者で、彼は、自分もシャンパングラスを持ってきて、一緒に飲みながら、
「この特別列車の中で殺人が起きたら、面白いでしょうね。なにしろ刑事だらけなんだから」

と、呑気《のんき》なことをいった。

十津川もデニスも、黙っていたが、ニューヨーク市警の刑事は、やたらと面白がった。

「被害者も刑事、犯人も刑事のケースが考えられるから、たしかに面白いな。どうだい？　ミスター」

と、彼は十津川の名札をのぞき込んで、

「ええと、ミスター・トツガワ」

「そんなバカな犯人はいないと思いますね」

と、十津川もそのアメリカ人の名札をじっと見て、

「ミスター・バード」

「なぜ、バカな犯人だと思うのかね？」

J・バードは、少しばかり酔いの廻った顔で、十津川を見た。どうやら、議論好きらしい。それとも、酔うと絡《から》む癖がある男なのか。

「第一、グルノーブルまで停車しないから、逃げられないでしょう？」

「逃げなくていいように、殺すさ」

と、バードはいとも簡単にいう。

「どんなふうにですか？」

「証拠を残さずに殺すんだ。サイレンサー付きの拳銃なら、誰にも知られずに殺せる」

「今、持ってるんですか？」

と、亀井がきいた。

相手は、嘘をつくだろうと思ったのだが、バードは、アメリカ人的な明るさで、尻ポケットから、いきなり拳銃を取り出して、亀井に見せた。

「コルトスペシャル。サイレンサーは持っていない。ナンバーは、登録されているから、私が犯人で、この銃を使えば、すぐ捕まる」

「物騒《ぶっそう》だね」

と、デニスが肩をすくめて、

「私は、拳銃は持っていない。必要ないと思っているのでね」

「そりゃあ、わからんよ。刑事嫌いの人間がいて、そいつが、いい機会だから、世界じゅうの刑事を皆殺しにしようと、考えるかもしれん」

バードは、冗談の調子ではなくいった。

「アメリカの刑事は、全員、拳銃を持っているんですか？」

と、亀井がきいた。

「少なくとも、私の相棒は持っているよ」

と、バードはいった。

5

走り続けた列車が、やっと停まった。

終点のグルノーブルに着いたのではなく、窓の外を見ると、リヨン駅だった。

乗ったのもリヨン駅だが、あれはパリ・リヨン駅で、リヨン行きの列車の出る駅という意味だったのだろう。

大きな駅である。

オレンジ色のTGVが、パリに向かって、発車して行くのを見送ってから、こちらの特別列車は、ゆっくりとまた動き出した。

白井刑事は、亀井のいった若いフランス人の婦人警官を連れてきて、十津川に紹介した。

「グルノーブルでも、われわれの世話をしてくれるそうです。大学では、東洋史を専攻したということで、私なんかより、中国のことに詳しいんです」

と、白井はいった。

ブロンドで、小柄な、いかにもパリジェンヌという感じの女だった。

名前は、クリスチーナだという。

「彼女は、君に委せるよ」

と、十津川は小声で白井にいった。

車窓の景色が、今までと少し違って、二千メートルクラスの山々が見え始めた。

グルノーブルは、それらの山々に囲まれた町である。

グルノーブルで行なわれた冬季オリンピックの映画「白い恋人たち」を、十津川は、見たことがある。しかし、その記録映画をいくら思い出してみても、今、現実に近づいてくるグルノーブルの町とは、どうしても結びついてはくれなかった。

今は、雪がないし、時代も違っている。


グルノーブルの駅は、どんよりと曇った天候のせいで、うす暗かった。

駅前の広場には、地元のTVと新聞社が集まっていた。といっても、日本式の歓迎という言葉からは、ほど遠いもので、たまたま近くにいた市民たちも、関心のないという顔で通り過ぎて行く。グルノーブルでは、絶えず何かの国際会議が開かれていて、市民は慣れっこになってしまっているのかもしれなかった。

TVのカメラは、アメリカの刑事を追いかけていた。たしかに、大男揃いのうえに、ラフな恰好をしているので目立つのだが、それだけでない感情が、フランス人の間にあるのかもしれない。

十津川たちも、駅前でインタビューされたが、これは、東洋人ということからだろうし、今でも、日本人というのは、物珍しいのだ。

黒塗りのシトロエンの新車が、何台も用意されていて、各市警に一台ずつ手配された。グルノーブルでの三日間、この車で動いてくれというわけである。

運転手も、一人ずつ用意されたが、十津川たちの運転手は、例のクリスチーナだった。

フロントガラスに、小さな日の丸をつけた車に乗り込むと、クリスチーナは、嬉しそうにハンドルを握った。なんでもこのグルノーブルの生まれで、両親がまだ健在なのだという。

「いったん、ホテルに行き、時間になったら、会場のほうへ案内するそうです」

と、助手席から、白井が振り向いて、十津川にいった。

各国の刑事がそれぞれ乗り込んだ車は、勝手に走り出した。

しばらくの間、道路の両側は、近代的なビルが立ち並び、シャネルとか、ルイ・ヴィトンといった有名店の看板も目についた。

だが、パリのような喧騒《けんそう》はない。車の数も少ない。

「日本人がいませんね」

と、亀井が感心したようにいった。

パリの中心街は、ちらりと見ただけだったが、それでも、到るところに日本人がいた。

それも団体客である。頼もしくもあり、うんざりもしたのだが、さすがにグルノーブルに来ると、日本人を見かけない。

「ひょっとすると、この町で、日本人は、私たちだけじゃありませんかね？」

と、亀井はいったが、もちろん、そんなことはないだろう。ここの大学に、留学生も来ているだろうし、商社マンだって、来ているはずである。

ただ、パリから来ると、日本人のいないことが一つの驚きであることは、間違いなかった。

二両連結の市内電車が、走っている。運転しているのは、女性だった。

二十分ほど走って、小さなホテルに着いた。フロントに日本とアメリカ、それにフィリピンの小さな旗が立っているところをみると、あのニューヨーク市警やマニラ警察の刑事たちと一緒のようだった。

ホテルの前を、例の市電がごとごと音を立てて走っていくが、それ以外に音らしい音が聞こえてこない。

時間がきたら迎えにくるといって、クリスチーナは、車を運転して帰っていった。

十津川たちは、フロントでキーをもらい、五階の部屋にあがっていった。映画によく出てくる田舎のホテルの感じで、エレベーターは古めかしく、廊下には、フランス語と英語で、「歓迎、第一回世界警察フェスティバル」と書いてある。それが手書きだった。

ひと休みしている間に、急に廊下が賑やかになった。のぞいてみると、例のアメリカから来た刑事二人が、大声で喋りながら、廊下を歩いているのが眼に入った。

一人が、素早く、十津川に眼を留めて、

「――！」

と、手をあげて、叫んだ。が、最初は、早口なのでよく聞こえなかった。それでも、気になって、聞き返したのは、相手の言葉の中に、「ＶＩＰ」という声があったからである。

「なんだって？」

十津川は、廊下に身体を出してきいた。

「日本のＶＩＰが、今夜のパーティに顔を出すそうだよ」

「日本のＶＩＰ？　そんな話は、聞いてないが――」

「ミスター・オーゴーが、奥さんと一緒にグルノーブルに来ている。オーゴーは、知ってるだろう？　日本のＶＩＰだから」

「オーゴー？」

「世界で、何番目かの金持ちじゃないのか？」

「ああ、それなら、オーゴシだよ」

と、十津川は笑った。

大越専一郎《おおごしせんいちろう》。四十代の若い財界人である。

祖父の代からの資産家で、大越コンツェルンの若き総帥《そうすい》といわれている。政界との繋《つな》がりも強く、そのせいで、悪評も聞こえてくる。

その大越が、グルノーブルに来ているというのは、初耳だった。

十津川が部屋に戻って、大越のことを亀井に話した。

「たしか、大越の奥さんは、フランス人だったんじゃありませんか？」

と、亀井があまり自信のない顔でいった。

「そういえば、ブロンドの奥さんと写っている写真を、見たことがあったよ」

と、十津川は肯いた。

しかし、それだけで、大越がこのグルノーブルに来ているのだろうか？

時間がきて、クリスチーナが、車で迎えに来てくれた。

それに乗って、会場である市民会館に向かった。夕暮れが迫り、周囲の山々が見事なシルエットをつくっていた。

会場の入口には、各国の旗が並び、駐車場は、車でごった返している。次々に車が到着して、各国の刑事が降りてくる。

特別列車の中で、スニーカーにTシャツ姿だったアメリカの刑事も、これからパーティということで、きちんと背広姿になって来ている。

四階建てのビルの一階と二階が使われていて、一階でまず開会式が行なわれ、そのあと、二階でパーティという予定のようだった。だったというのは、フランス流で、なかなか時間どおりに、進行していかないからである。

「これから、グルノーブル市長の挨拶があります」

と、司会者がマイクでいったが、肝心の市長がいっこうに姿を見せない。十二、三分して、やっと四十代の若い市長が現われ、マイクをつかんだが、今度はマイクに音が入らない。

「フランスは、電気製品が駄目だね」

と、十津川の近くで、誰かが英語でいうのが聞こえた。

しかし、司会者も他のスタッフも、別にあわてた様子も見せない。市長もニコニコ笑いながら、他の来賓《らいひん》と談笑している。

「どうなってるんですかね？　いらいらしますね」

と、亀井が小声で十津川にいった。

白井が席を立って見にいってきたが、戻ってくると、小さく首を振りながら、

「時間がかかりそうです。今、電気技師を呼んだところだといっていましたから。どうも、この市民会館は古い造りで、よく故障するみたいです」

「それなら、技師を前もって呼んでおけばいいのに」

と、亀井が文句をいった。

しかし、いらいらしているのは、十津川たちだけのようで、他の連中は、勝手にお喋りを楽しんでいた。英語、フランス語、イタリア語など、さまざまな言葉が飛び交って、賑やかである。

マイクの調子が戻ったが、別にそれを知らせるでもなく、市長が急に立ち上がり、突然、挨拶を再開した。

その途中で、大越専一郎が、夫人と一緒に、来賓席に入ってくるのが見えた。

日本人にしては大柄で、意志の強そうな、四角く張った顎《あご》をしている。

夫人は、ブロンドだった。

市長の挨拶のあと、グルノーブルの警察署長が、短く祝辞を述べ、そのあと、大越専一郎が紹介された。

「日仏親善協会の会長と、紹介されていますね」

と、白井がいった。

「会長は、元外務大臣の浅倉さんだったんじゃないか？」

十津川が、記憶をたどってきくと、亀井が、

「大越が、強引に、会長の椅子を手にしたと聞いています。週刊誌に出ていましたした」

と、いった。亀井は、ときどき妙な知識を持っていることがある。

大越は、メモを取り出すと、フランス語で挨拶を始めた。

「奥さんがフランス人で、そのせいで、フランスについて強い関心があり、今度、日仏親善協会の会長になったといっています」

と、白井がいった。

「彼のフランス語は、上手《うま》いのかね？」

亀井が、きいた。

「まあまあじゃありませんか。フランス人が聞いても、わかると思いますよ」

その挨拶は、ひどく長かった。市長と、警察署長の挨拶が短かったせいで、余計にだらだらと長く感じられた。

日本でなら、大越の崇拝者《すうはいしゃ》が多く、別に文句をいう人間もいないのだろうが、ここは違う。

案の定、不遠慮に口笛を吹く刑事が現われた。挨拶の切れ目で、突然、拍手したりする。

大越も気がついたとみえて、急に挨拶をはしょって、収拾した。

二階のレストランで、パーティが始まった。いかにもフランス的なディナー・パーティで、二時間も三時間もかけて、ゆっくりと進行する。

十津川たちのテーブルには、グルノーブル警察署の刑事が二人、一緒になったのだが、彼らは食事を楽しむフランス人らしく、お喋りをしながら、ワインを飲み、時間をかけて、フォークやナイフを動かす。

その点、十津川たちのほうはどうしても間がもてなくて、手持ちぶさたになってしまうのだ。

「すいすい運んできませんねえ」

と、亀井が文句をいった。

急に笑い声がしたので、眼をあげると、大越専一郎が、いつの間にか、十津川たちのテーブルに来て、横に立っているのだ。

「フランスのテーブルマナーというのは、日本人には、なかなかなじめんでしょう？」

と、大越はニコニコ笑いながらいった。

亀井が、あわてて居ずまいをただすと、大越は、

「大越です。ご苦労様ですな」

「そちらこそ」

「お互いに、日本とフランスの友好のために、がんばろうじゃありませんか？　何かあったら、私にいってください。お役に立ちますよ」

と、大越は如才《じょさい》なくいい、同じテーブルのフランスの刑事にも挨拶して、他のテーブルに歩いていった。

その直後に突然、マイクで、十津川は、自分の名前を呼ばれた。

「警部に、日本から電話がかかっているそうです」

と、白井がいった。

6

十津川は、白井と一緒に、一階に下りていった。

受付にいた婦人警官が、フランス語で何かいい、受話器を十津川に渡した。

「東京からだそうです」

と、白井がいう。

十津川が、受話器に向かって、

「もし、もし」

と、いうと、本多捜査一課長の声が、

「十津川君か？」

「そうです」

「今、そちらは、何時かね？」

「十五日の午後十一時を廻ったところです。のんびりした食事なので、まいっています」

「東京は、午前七時でね。そちらに、大越夫妻が行っているだろう？　大越専一郎だ」

と、本多がいった。

「今夜のパーティで、挨拶されましたよ。日仏親善協会の会長としてです」

「今度の世界の都市警察の集まりだがね。フランスも、警察はあまり金がないとみえて、日仏親善協会が、意義のある仕事というので寄附しているんだ。二十万フランね。大越の奥さんはフランス人で、彼女の父親が、フランスの警察に関係があったということもあるらしい」

「それで、来賓として、挨拶したんですか」

「その大越専一郎だがね。今日、世田谷の彼の自宅に、小包が配達されたんだが、それに爆発物が仕掛けられていてね」

と、本多がいった。

「本当ですか？」

思わず、十津川の声が大きくなった。

「幸い、怪我人はなかったんだが、そちらに行っている大越夫妻のことが心配でね。今までのところ、何も起きていないかね？」

「何もないようです。くわしいことは、わかりませんが。夫妻のスケジュールは、わかりますか？」

「聞いてきている。グルノーブルには、君たちと同じく、十七日までいて、十七日午後のTGVで、パリに戻る予定だ」

「それなら、われわれと一緒の列車かもしれませんね。しかし、彼は、三日間も、グルノーブルで何をしているんですか？　世界都市警察大会に、三日間、つき合うわけでもないでしょう？」

「三つ理由があるらしい。一つは、世界都市警察大会に招待されていること。二つ目は、奥さんの実家がグルノーブルだということ。第三、彼は東北に広大な土地を買い取っていてね、そこで八年後に冬季オリンピックを開く計画も立てている。グルノーブルは、冬季オリンピックを成功させたということで、ノウ・ハウを見に行ったことがあるようだ」

「なるほど。大越夫妻には、同行者がいるんですか？」

「男女一人ずつの秘書がついているはずだよ。二人とも、フランス語、英語に堪能《たんのう》だ。それに、大越は、政財界に顔がきくから、そちらの日本大使館でも、いろいろと夫妻のために便宜を図っていると思うね」

「世田谷の自宅に、爆発物が届いたことは、もう知っているでしょうか？」

「多分、連絡は、いっていると思うよ」

「犯人の心当たりは、まだないということですか？」

「今のところ、まったくない。大越は、強引な人間で、敵はたくさんいるといわれているが、犯人は特定できずにいるんだ。とにかく、君たちが気をつけられる範囲で、用心してくれないか」

「わかりました」

と、十津川はいった。が、難しいことになったなと思った。

大越夫妻に同行しているのなら、ガードの方法もあるが、こちらは、三日間、大会に出席しなければいけないし、大越夫妻は、勝手に動き廻るのである。ガードするといっても、方法に困ってしまう。

十津川は、テーブルに戻ると、亀井に電話の内容を伝えた。

当の大越夫妻は、グルノーブル市長や警察署長と同じテーブルで、談笑している。

「どうされますか？」

と、亀井がきいた。

「私やカメさんは、正式に今度の大会に招待されているから、抜け出して夫妻のガードをするわけにはいかない。可能なのは、白井君にやってもらうことだがね」

と、十津川はいった。

また、ワインでの乾杯になった。これで、何度目の乾杯か、回数を忘れてしまっている。とにかくよく飲むのだ。

同じテーブルのフランスの刑事が、「乾杯《サルト》！」と、大声でいう。テーブルをぐるぐる廻っては、乾杯している刑事もいる。

「私がいなくなると、通訳する人間がいなくなりますが」

と、白井がいった。

「その点、事務局に聞いてみよう。明日は、TV局のインタビューがあるんだが、正式に通訳をつけてくれるのかどうかね。それがオーケイなら、白井刑事は大越夫妻のガードについてくれ」

と、十津川はいった。

パーティが終わったのは、十二時過ぎである。

十津川は、パリ警視庁のシャルルに、明日からの行動に、通訳をつけてくれるのかどうか、聞いてみた。

「必要なら、用意しますよ」

と、シャルルは英語で呑気《のんき》にいった。

たしか、招待状には、通訳を用意するとあったはずと思いながら、

「TV局のインタビューには正確に答えたいから、ぜひ用意してください」

と、いった。

シャルルが用意してくれていたのは、グルノーブルの大学に、日本文学を教えにきている日本人の教授だった。

名前と電話番号を教えてくれたが、細かい交渉は、十津川がやってくれという。こんなところも、大まかというのか、ずぼらというのか。仕方がないので、ホテルに帰ると、夜半を過ぎていたが、長田《ながた》というその教授に、電話をかけた。

幸い、気さくな人柄とみえて、

「では、明日、ホテルに迎えにまいりましょう。車を持っていますから、大丈夫です」

と、いってくれた。

翌十六日の午前十時に、長田は、自分のＢＭＷで、ホテルに迎えに来てくれた。

クリスチーナも、シトロエンで迎えにきたので、十津川だけが長田の車に乗った。

長田は、四十五、六歳で、交換教授で、去年の四月からグルノーブルに来ているのだといった。

市民会館に着くと、先に着いていた白井が、十津川を待っていて、

「私は、これからすぐ、大越夫妻のほうへ行ったほうがいいですか？」

「夫妻が、今、どこにいるか、わかっているのか？」

「調べました。午前中は、ホテルということでした。午後から、グルノーブル・オリンピックのときの関係者に会うそうで、問題は、私が一緒に行動するわけには、いかない

だろうということなんです。刑事が同行しての行動は、向こうが困るでしょうから」

「そうだな」

「だから、つかず離れずで、ガードしたいと思います。その際に、車が必要になってくるんですが」

「わかった。私とカメさんは、長田先生の車に乗せてもらうから、大会事務局が手配してくれたシトロエンは、必要ないよ。事務局に断わって、いいといったら、使わせてもらったらいい」

と、十津川はいった。

第二章　東京からの脅迫状

1

十六日は、忙しかった。

亀井と二人で、TV局のインタビューに応じて、日本の警察機構について話をしたり、アメリカ、イギリス、フランスなどの都市警察の刑事と、現代の都市犯罪について討論したり、また、新聞のインタビューにも、答えなければならなかった。

長田の通訳は、大学の教授らしく丁寧で、いちいちメモをとりながら話した。

十津川は、東京警視庁の人間として、話したのだが、それでも、日本の警察を代表する形になっているので、緊張の連続だった。

それが夕方まで続き、午後七時からは、昨日に続き、また夕食会になった。ワインでの乾杯である。もともとあまり飲めない十津川は、辟易《へきえき》して、断わるのだが、フランス人は、別に強要はしないが、それでも、この男は病気なのかといった不安げな表情になった。ワインを飲まずに、料理を食べるということが、不思議なのだろう。

ホテルに帰ると、昨日と同じく十二時を過ぎてしまっていた。

「連中は、タフだねえ」

と、十津川が呆《あき》れていうと、車で送ってくれた長田が笑って、

「馴れですよ。私も、フランスへ来て、三カ月くらいは、ワイン攻めと、量が多くてやたらに甘いフランス料理に、胃がおかしくなりましてね。病院に通いました。それが、半年ぐらいで、なんとか馴れて、今は日本食では、物足らなくなってしまいましたよ」

と、いった。

そういえば、今日の夕食会でも、この教授は、フランス人と対等にワインを飲み、料理を食べていた。日本人としても小柄なのに、健啖家《けんたんか》だなと感心していたのだが、あれは馴れなのか。

十津川が、自分の部屋で休んでいると、亀井が、白井を連れて入ってきた。

「事務局のほうで、許可してくれましたので、クリスチーナの運転で、大越夫妻の行動を見守ってきました。午後十時には、ホテルに入りましたので、私も戻りました」

と、白井は報告した。

「事務局には、事情を話したのかね？」

「誤解をうけるといけませんので、簡単に話しておきました。クリスチーナにもです。

彼女は、喜んで協力してくれています」

「怪しい人物が、大越夫妻の周囲をうろうろしている気配は、なかったかね？」

「その点は、正直にいって、はっきりしないのです。全員が日本人なら、勘でわかりますが、フランス人や他のヨーロッパ人だと、勘が働きません。どうも怪しげな男だなと思って、クリスチーナにそれとなく調べてもらうと、政府の高官だったりしますから」

「今日、大越夫妻は、日本人には会わずか？」

と、十津川はきいた。

「駐仏日本大使が、わざわざ、グルノーブルのホテルに、夫妻に会いにきています。それだけ、大越さんの力の強さを示していると思いました」

「大使は、なんの用で会いにきたんだ？」

「わかりませんが、大越のほうが威張っている感じでした」

「ほかには？」

「今日、大越夫妻が会った日本人は、大使だけです」

「夫妻は、日本での事件を知っているようだったかね？」

「秘書の一人に聞いてみましたが、すぐ、東京から電話があったそうです。しかし、大越夫妻は、よくあることだといって、平然としていたといっています。その秘書の話ですと、新しい事業をやったりするときに、必ず妨害やいやがらせがあって、脅迫も、一度や二度ではないというのです」

「なるほどね」

「明日も、私は、警部と別行動をとりますか？」

「そうしてくれ」

と、十津川はいった。

白井が、自分の部屋に引き揚げたあと、亀井が、笑いながら、

「彼、いやに張り切っていると、思われませんか」

と、十津川にきく。

「そういわれると、生き生きとしているね」

「例の若いフランス美人と一緒に行動できるんで、うきうきしているんだと思いますよ」

「羨ましいじゃないか」

と、十津川も笑って、

「若いときから、フランス語を勉強しておけばよかったと、カメさんも思っているんじゃないの？」

「そのとおりです。ただ、二人とも若いですから、心配もありますが」

と、亀井はいう。

「二人の間に、恋が芽生えてといったことかね？」

「それもありますが、もう一つ、大越夫妻が、実際に襲われた場合のことも心配です。白井は、自分から夫妻のガードをやっているわけですから、そのために負傷してもいいと思いますが、クリスチーナのほうは、巻き添えになるわけです。彼女も若いですから、いざとなると、白井と二人で猪突《ちょとつ》してしまう心配があります」

「わかった。カメさんから白井刑事に、その点を注意するようにいっておいてくれ」

と、十津川はいった。

2

亀井も、自分の部屋に引き揚げたあと、十津川は、東京の本多一課長に電話をかけた。

八時間の時差だが、本多は、もう警視庁にいた。

大会二日目の報告をしたあと、白井刑事を、大越夫妻の護衛につけたことを知らせた。

「パリ警視庁の好意で、車一台と婦人警官を一人、白井刑事につけてくれています」

と、十津川はいった。

「今日は、なにごともなかったんだな？」

「ありません」

「引き続き、用心してほしい。というのは、その後、わかったんだがね。大越邸には、脅迫の手紙が、ここ一カ月間に、三通届いていたんだよ」

と、本多はいった。

「どんな脅迫状ですか」

「カミソリの刃が入っていたり、死ねとか、引退しなければ殺すぞといった激しい言葉が、並んでいたよ。差出人の名前はないが、筆跡からみて、同一人だね」

「わざわざ、フランスまで追いかけてきて、大越夫妻になにかするでしょうか？」

「わからん。帰国するのを待っているかもしれないし、フランスなら、警戒してないだろうと考えるかもしれない」

「わかりました」

「君やカメさんは、元気かね？」

「ワインとフランス料理で、胃がおかしくなっていることを除けば、元気です」

と、十津川はいった。


翌十七日は、大会の最終の日で、行事は、午前中で終わりだった。

世界各都市の刑事たちと、記念写真を撮ったり、車を飛ばして、グルノーブルの町の北にあるバスティーユ城砦《じょうさい》へ行ったりした。

標高五百メートルのこの城砦は、今は町を一望できる展望台になっていて、カフェも設けられている。

十津川と亀井は、長田の運転する車で、登ったのだが、川を越してロープウェイも動いていて、これに乗って登る観光客も多かった。

パリ行きのTGVの時間を気にしながら、十津川たちが、カフェで軽い昼食をとっているところへ、大越夫妻もやってきた。

「また、一緒になりましたね」

と、大越が気軽く十津川に声をかけてきた。

「今日、パリにお帰りですか？」

「ああ、一四時四四分のTGVで、帰るつもりですよ」

「それなら、私たちも一緒です。大会に出た各国の刑事たちの大部分が、その列車でパリへ帰ることになっているようです」

と、十津川はいった。

大越は、笑顔でいった。

「それなら、列車も一緒ですね」

白井とクリスチーナの二人も、似合いのカップルという感じで、カフェに入ってきた。

白井が、なにげない感じで、十津川のテーブルにやってくると、他のテーブルに移っ

た大越夫妻に眼をやって、

「一緒のTGVで、パリに帰るようです」

「今、本人から聞いたよ」

「車で、ここまで登ってきたんですが、帰りは、ロープウェイにしたいと、奥さんのほうがいっているようです」

と、白井がいった。

十津川は、あわてて、

「それは、止めさせたほうがいい。危険だよ」

と、いった。

ゴンドラ型のロープウェイで、球形、ガラス張りの二人乗りのゴンドラが、二つ、三つと連結して動くのだ。

動くスピードもゆっくりしていて、犯人が銃を持っていれば、絶好の標的になってしまうと、思ったからである。

「説得してきます」

と、白井はいい、大越のテーブルに飛んでいった。

大越夫妻は、納得したらしく、車で降りていった。

その後を追うように、十津川たちも、長田の車で下山し、ホテルに寄って、荷物をのせ、グルノーブルの駅に向かった。

ホームには、すでに、オレンジ色のＴＧＶが入線していた。フランス自慢の特急列車である。

最近、世界記録を達成したＴＧＶアトランティックは、パリから大西洋岸へ出る線で、車体はシルバーグレイである。

これから十津川たちが乗ろうとしているのは、これまでのＴＧＶで、色もオレンジに白線が入っている車体で、最高時速も二百五、六十キロである。

まだ時間があるので、十津川たちは、コンコースの中にあるカフェで、コーヒーを飲んだ。

通訳をしてくれた長田とも、お別れである。十津川は、自分の手帳に、長田のグルノーブルの住所を書いてもらった。

「何か必要なものがあったらいってください。日本へ帰ったら送りますよ」

「家内は、インスタントでいいから、味噌汁とか、日本そばを食べたいと、ときどきいいますね」

「早速、送りますよ」

と、十津川は約束した。

大会に出席した刑事たちも、コンコースに集まってきた。

大男のニューヨーク市警の刑事は、また、スニーカーにTシャツとジーンズという恰好である。

ロンドン警視庁の男女コンビも、到着した。白井と一緒に動いてくれたクリスチーナも、パリまで同じ列車で帰るという。

イタリアのローマ市警の刑事たちは、車で国境を越えて帰国するといい、わざわざ、駅まで列車を見送りに来ていた。考えてみると、このグルノーブルはイタリアの国境に近いのだ。

十津川たちは、カフェを出て、ホームに入っていった。

十両編成のパリ行きのTGVに乗り込む。

乗客は、もちろん、パリに戻る刑事たちだけではなく、一般の観光客もいるし、サラリーマンらしいフランス人もいた。

グルノーブルの市内では、めったに日本人を見なかったのだが、ホームを声高に日本語で話しながら歩いてくる若いカップルに出会った。

二人とも、二十五、六歳だろう。キャスターのついたスーツケースを持っているから、観光客に違いない。口論でもしているのか、二人とも、嶮《けわ》しい表情で乗り込んできた。

外国の列車は、ベルも鳴らず、いきなり発車すると聞いていたが、乾いたベルが鳴ってから、パリ行きのTGVは、ゆっくり動き出した。

長田が、ホームで手を振って、見送ってくれたが、その小柄な姿も、あっという間に見えなくなった。

十津川は、やはり、大越夫妻のことが気になって、亀井と一等車のほうへ、歩いていった。

TGVの車内は、日本の新幹線に比べて、いくらか狭く、より飛行機の内部に似ていた。

十両編成といっても、TGVの場合は、両端の車両は機関車で、乗客が乗れるのは、その間の八両だけである。

その八両の客車に、1号車から8号車まで、ナンバーがついている。

1号車から3号車までが一等で、座席は、通路をはさんで、片側一列、反対側二列になっている。

4号車から8号車が二等で、こちらは四列の座席である。ただ、4号車は、半分がバーになっていた。

大越夫妻は、3号車にいた。車内は空《す》いていて、夫妻と秘書二人のほかには、四、五人の乗客がいるだけだった。

十津川の顔を見ると、男の秘書が立ち上がって、近寄ってくると、

「お話があります」

と、真剣な顔でいった。

彼は、十津川と亀井の二人を、隣りの4号車のバーに、連れていった。

バーには、ウェイトレスが一人いて、酒やコーヒー、サンドイッチなどを売っている。

十津川たちは、コーヒーを頼み、紙コップに入ったものを手に持って、空いているカウンターに腰を下ろした。

「僕は、秘書の三浦といいます」

と、改めて自己紹介をしてから、

「昨日、ホテルに、こんな手紙が届きました」

と、エア・メールを十津川に見せた。

グルノーブルのホテル・パルク内、大越専一郎様となっている。差出人の名前はないが、出されたのは、フランスではなくて、TOKYOだった。それも、消印は十月十一日の日付になっている。

十津川は、中を見せてもらった。

日本語で、次のように書かれてあった。


〈大越専一郎よ。

諸悪の根源は、あくなき利益の追求者の汝《なんじ》にある。汝は、本来、国民のものであるべき、土地を独占し、国家を私《わたくし》しようとしている。また、国際社会に対しても、害悪を流し、強い指弾《しだん》を浴びていることも知っているはずである。日本の恥である汝を、われわれは許すことができない。汝にふさわしいのは、死である。予告する。汝は、絶対に日本に帰ることはできないだろう。

正義仮面〉

「この正義仮面という署名を、前にも見たことがありますか？」

十津川は、三浦にきいた。

「あります。うちの会社が、東北の土地を買収したとき、それがけしからんといって、脅迫状がきましたが、そのときの署名と同じです」

「それは、いつですか？」

「今年の四月でした」

「そのあと、具体的に、大越さんが狙われたということがありましたか？」

「別に、なかったと思います。それで、今度の手紙も、社長は、一笑に付されているんですが」

「秘書のあなたは、そうは思わなかった——？」

「そうです。グルノーブルのホテルにまで、送りつけてくるというのは、異常だと思います」

「大越さんの奥さんは、この手紙を見たんですか？」

「私がフランス語に翻訳して、お見せしました。奥さんは、まだ、漢字がおわかりになりませんから」

「それで、奥さんは、どういっています？」

「心配していらっしゃいますが、同時に、ぴんとこないという感じだと思います。これが、フランス語で書かれていれば、別なんでしょうが」

「女の秘書の方は、名前はなんといわれましたかね？」

「松野ユキですが――」

「彼女も、これを見たんですか？」

「はい。見ています」

「彼女は、なんといっていました？」

「フランスにいる間は、フランスの警察にガードしてもらったらどうかと、いっていましたが、これは、社長が反対されました。個人的なことで、フランスの警察の厄介にはなりたくない。自分は、自分で守るといわれまして。しかし、私は、秘書として、心配なので、十津川さんに相談したわけなんですが」

と、三浦はいった。

「わかりました。私たちは、パリまでこの4号車にいますから、なにかあったらすぐ知らせてください」

と、十津川はいった。

一等車に入って、大越夫妻を見張っていれば、一番いいのだろうが、刑事の特権をフランスで行使するわけにはいかなかったし、秘書二人が傍についていれば、まあ大丈夫だろうと考えたのである。

三浦が、一等車に戻ったあと、十津川は、亀井と二人、預かったエア・メールをもう一度、読み返した。

「この犯人は、グルノーブルで、夫妻がホテル・パルクに泊まることを知っていたわけですね」

と、亀井がいった。

「それは、大越コンツェルンの本社へ問い合わせれば、わかることだよ。それより、犯人が日本人かどうかということが、気になるね」

「外人には、こんな漢字は書けないんじゃありませんか？」

と、十津川はいった。

「そうだが、妙に翻訳調だからね。それに、国際社会に害悪を流しているとも書いてある。大越コンツェルンの土地部門が、最近、アメリカやカナダ、あるいは、フランスの土地を買い占めたことで、非難を受けている。それを考えると、必ずしも、犯人は、日本人と限定できないんじゃないかな」

「そういえば、フランスの城を買い取って、ホテルを経営するという話が、新聞に出ていましたね」

「ロアール地方のなんとかいう城だよ。日本は、フランスの史蹟であるシャトーまで買い取るのかと、怒りの声があがったとも書いてあったよ。その人間が日仏親善協会の会長だから、一部のフランス人は、腹を立てているに違いないね」

「日本人だけを警戒していればいいのなら、グルノーブルのホームで見かけた若いカップルしかいませんから、楽なんですが」

と、亀井はいった。

「リヨンで、乗ってくるかもしれないよ。グルノーブルに日本人は少なくても、リヨンには、たくさん来ているかもしれないからね」

と、十津川がいったとき、突然、大声でわめきながら、ニューヨーク市警の刑事が入ってきた。

一緒に来たパリ警視庁の広報担当官のシャルルが、バーにいた乗客に向かって、フランス語で何かいった。

近くにいた白井刑事が、十津川たちの傍に飛んできて、

「ミスター・バードが、拳銃を盗まれたといっています。だから、一人一人、調べさせてほしいと」

「あの拳銃か」

と、十津川は呟いた。

尻ポケットに入っていたコルトスペシャルを、十津川に見せてくれたのを思い出した。

バーにいた乗客の身体検査が始まった。陽気なアメリカ刑事のＪ・バードも、その同僚も、さすがに青ざめた顔をしている。

コルトは見つからず、バードたちとシャルルは、次の車両に移っていった。

「まずいですね」

と、亀井が小声で十津川にいった。

「大越を狙っている人間が、コルトを盗んだかな？」

「その可能性は、ありますよ」

「コルトスペシャルか」

あれで射たれたら、間違いなく、標的は死ぬだろう。

列車は、リヨンに着いた。

十津川が考えたほど、ここで乗ってくる乗客はなかった。

それでも、四、五人の日本人が乗ってくるのが見えた。団体客らしく、ひとかたまりになって、8号車に乗り込んだ。

リヨンを出ると、列車はスピードをあげた。

バードと同僚は、バーに戻ってきた。が、拳銃が見つからないといって荒れている。

こんなとき、日本の刑事は、大変なことになったと思い、暗く沈んでしまうのだが、
ニューヨーク市警のバードは、多分、自分に腹を立てているのだろうが、ウイスキーをあおり、カウンターを足で蹴飛ばした。

なにしろ二メートル近い大男だから、バーにやってきた他の乗客が、恐れをなして、引き返してしまう。
十五、六分くらい、二人は、バーで飲んでいたが、シャルルがやってきて、彼らになにかいい、バーを出ていった。もう一度、探してみようとでもいったのだろう。
列車は、原野をひたすら走り続けている。日本の新幹線のように、トンネルに入ることもないし、鉄橋を通過する気配もない。

畠、牧草地、森、そんな景色が延々と続く。二百キロ以上で走っているのだろうが、スピード感はほとんどなかった。

車窓の景色を見ている限り、なにも起きそうになかった。

「もう一度、3号車をのぞいてみようか?」

と、十津川が亀井に声をかけたとき、その3号車の方向で、甲高い女の悲鳴が聞こえ

たような気がした。

十津川より先に、若い白井とクリスチーナが、3号車に向かって走っていった。十津川と亀井も、そのあとに続いた。

4号車と3号車の連結部分のところに、三十五、六歳の白人の女が、身体をふるわせて立ちすくみ、その足元に日本人の若い女が俯《うつぶ》せに倒れていた。

血が彼女の背中から流れ出し、床を濡らしている。

その傍で、大越が呆然と突っ立っていた。

倒れている女は、彼の秘書だった。

クリスチーナが屈《かが》み込み、手が血で汚れるのもかまわず、脈を診《み》ていたが、悲しそうに頭を横に振った。

他の刑事たちも、集まってきた。

バードたちも、血相を変えて飛んでくると、

「凶器は、なんだ？」

と、大声で怒鳴った。

「拳銃だよ」

と、誰かが答えた。

「コルトスペシャルか？」

じった。

英語で、まるで怒鳴り合うような話があり、それに、フランス語やドイツ語が入り混
ロンドン警視庁のデニスとエリザベスも、やってきた。

あまりにも、刑事が多過ぎて、収拾がつかなくなってきた。

パリ警視庁のシャルルが、「皆さん。静かにしてください！」と、フランス語で叫び、
まだふるえている中年の女性に、

「なにがあったのか、説明してくれませんか」

と、いった。

白井が、そうしたフランス語を、十津川に通訳して聞かせた。

女は、パリで発行されている雑誌の記者だった。

「ムッシュー・大越にインタビューを申し込んで、4号車のバーでということになった
んです。通訳を、秘書のマドモアゼル・ユキにお願いすることにして、三人で4号車へ
行こうと歩いていたら、突然、私のうしろにいたマドモワゼル・ユキが倒れてきました。

びっくりしたら、血がふき出していて――」

と、雑誌記者のマドレーヌがいった。

「そのとき、銃声は、聞きましたか？」

と、シャルルがきいた。

「いいえ、まったく聞こえませんでした」

「次は、ムッシュー・大越に話していただきましょうか？」

と、シャルルが大越に声をかけた。

もう一人の秘書、三浦が飛んできて、シャルルの言葉を通訳した。

大越は、日本では物に動じない男ということになっていたが、今は蒼白な顔で、

「私にも、わけがわからない。インタビューを受けることになって、マドモアゼル・マドレーヌのあとから、私と秘書の松野君が歩いていった。そうしたら、突然、彼女が倒れかかったんですよ。私があわてて抱きかかえたら、両手にべったり血がついてしまった」

といい、血まみれの両手をシャルルに見せた。

「そのとき、銃声は、聞こえましたか？」

「いや、まったく聞こえませんでした。だから、瞬間、なにが起きたかわからなかったんです」

「秘書が殺されたことで、なにか心当たりがありますか？」

と、シャルルにきかれて、大越は、外国人のように両手を広げ、

「本当に狙われたのは、私です。私は、脅迫されていましたから」

「そういう話は、聞いていています」

と、シャルルはいった。

「サイレンサーつきの銃のようですね」

亀井が、小声で十津川にいった。

3

サイレンサーが使用されたにしろ、3号車には、ほかにも乗客がいたのである。

大越夫人と秘書の三浦がいた。

それに、ほかに乗客が五人である。

座席数は三十八だから、かなり空《す》いているのだが、それにしても、七人の眼があったわけである。

3号車の座席の配置は、真ん中で向かい合う形になっていた。日本の新幹線と違って、この座席の向きは変えられない。

大越夫人と三浦秘書は、4号車の方向には背を向けた座席に腰を下ろしていたし、話し込んでいた。

あとの五人は、進行方向に向いた座席に腰を下ろしていた。が、五人とも窓際の席だったし、そのうち三人は、事件のとき本を読んでいた。あとの二人は、窓の外を見ていて、通路には、注意を払っていなかったのである。

したがって、犯人が4号車寄りに立っていて、3号車から出ようとする大越たちを狙撃しても、七人の乗客が気がつかなかった可能性がある。

サイレンサーつきなら、なおさらだろう。

（だが――？）

犯人は、狙撃したあと、逃げなければならないのだ。

4号車方向に、逃げたとは考えられない。

大越にぶつかってしまうし、死体を跳び越えて、逃げなければならない。

とすると、逃げる方向は、2号車の方向しかないことになる。

2号車に逃げたか、あるいは、七人の乗客の一人が犯人かということである。

シャルルも、当然、同じことを考えたとみえて、大越夫人をはじめとする七人に、聞いて廻った。

結果は、危惧《きぐ》したとおりになった。

大越夫人と三浦秘書は、パリに着いてからのスケジュールを話し合っていて、事件にはまったく気づかなかったといった。

他の五人も、同じだった。

本を読んでいた三人は、活字の世界に没入していたし、景色を見ていた二人は、通路には注意していなかった。それに、実際に座席に座ると、前の座席が邪魔になって、通路の前方は、見えないのだ。

七人が事件に気づいたのは、悲鳴が聞こえたためである。そして、七人がいい合わせたように証言したのは、騒ぎの最中、東洋人らしい若いカップルが、逃げるように通路を走り、2号車の方向に消えたということだった。

その中の二人が、騒ぎの直後、東洋人らしい若いカップルが、2号車に入っていくのを見たと証言した。

それを、白井が通訳して、聞かせてくれる。

「あの二人じゃありませんか?」

と、亀井が眉をひそめて、十津川にいった。

「グルノーブルにいた日本人のカップルのことか?」

「そうです」

「可能性は、あるね。見てきてくれ」

と、十津川は白井にいった。

シャルルが、他の刑事たちと2号車に向かって、足早に歩いていくのを、白井が追っていった。

松野ユキの遺体には、車掌が毛布を持ってきて、そっとかけている。
五、六分して、白井が駈けるようにして、戻ってきた。
「1号車で、見つかりました。やはり、あの日本人のカップルです」

「二人は、なんといってるんだ？」

と、十津川がきく。

「カメラを持っていまして、TGVに、初めて乗ったので、車内を見学して歩いているんだと、主張しています。3号車で何があったのかも知らないと、証言しています」

「君の感じでは、本当のことをいっているようかね？」

「わかりません」

「パリ警視庁の刑事さんは、どう見ているようかね？」

と、亀井がきいた。

「十分に疑っているみたいで、パスポートを提示させ、まだ訊問を続けています」

と、白井がいった。

「そのあと、私にも訊問できるように、交渉したいね」

と、十津川はいった。

十津川は、白井を連れて、1号車に行ってみた。

一等車は、1号車から3号車の三両だが、この1号車だけが禁煙車ではない。そのせいでもないだろうが、煙草の煙が漂っていた。

中央部あたりの座席で、例の日本人のカップルがシャルルの訊問を受け、他の国の刑事たちが取り囲んで、見守っていた。

カップルは、英語ができるので、シャルルは、フランス語と英語のチャンポンで訊問している。

彼の訊問が、ひと区切りしたところで、十津川は、同じ日本人として、訊問させてほしいと申し入れた。

シャルルは簡単に承知してくれた。射たれたのも日本人だし、グルノーブルの三日間で、十津川と顔馴染《なじ》みになっていたからだろう。

シャルルは、パリ警視庁の刑事たちに、

「車内を、くまなく探して、使用された銃を見つけるんだ」

と指示してから、日本人カップルを十津川に委《まか》せてくれた。

他の刑事たちも、2号車のほうに、ぞろぞろと姿を消した。

十津川は、白井にも、彼らと銃を探すのを手伝うようにいっておいて、亀井と、日本人カップルと向かい合った。

男も女も青い顔をしている。

十津川が日本人と知って、ほっとした表情になった。

二人が見せてくれたパスポートによれば、男は、宇垣亘《うがきわたる》、二十八歳。女は、島崎やよい、二十五歳である。

「君たちは、グルノーブルから乗ってきていたね。ホームで歩いているのを見たよ。なにか、大声でいい合いをしているみたいだったが」

と、十津川がいうと、宇垣が、

「イタリアから、グルノーブルに入って、これから、パリへ行くんです。別に、ケンカをしていたわけじゃありません。この人も頑固だから、列車にするかバスにするかといったことで、いい合いになっただけです。結局、TGVに乗ってみようということで、意見は一致していたんです」

「観光が、目的かね？」

と、亀井がきいた。

「そうです」

「スケジュールを、教えてくれないか」

と、十津川がきいた。

「僕たちは、どうなるんですか？」

不安そうに、宇垣がきいた。

「一応、参考人ということで、フランスの警察の訊問を受けることになると思うね」

「もう、訊問されましたよ」

「改めてだよ」

「私たち、関係ないわ。何があったかも、知らなかったんだから」

と、島崎やよいは甲高い声をあげた。

「そうはいかないんだ。列車の中で、日本人が殺され、たまたまかもしれないが、日本人の乗客がいれば、当然、疑われる。それは、仕方のないことだよ」

と、十津川はいった。

「しかし、僕たちは、関係ありませんよ。偶然、同じ列車に乗り合わせただけで、疑われたらかないませんよ」

宇垣が、文句をいった。

「大越コンツェルンの社長は、知っているね？」

「知っていますよ。しかし、あれだけの有名人だから、知ってるのは、当たり前でしょう？」

「君たちは、何号車に乗っているんだね？」

「7号車です」

「なぜ、車内を歩いていたのかね？」

「生まれて初めてTGVに乗ったんで、車内を見て廻りたかったんですよ。僕たちは、これからパリに出て、スペインを廻り、イギリスに渡るんですが、ＴＧＶに乗るのは、今だけですからね」

と、宇垣はいい、手帳に書かれたスケジュールを見せた。

それによれば、十月十六日にローマに着き、今日、十七日にグルノーブルに入っている。グルノーブルからは、ＴＧＶでパリに。そのあとパリ見物をしてから、スペインへというスケジュールだった。

「カメラを持って、車内を見て廻ったわけだ」

「そうです。これで写して歩いたんです」

と、宇垣はフラッシュつきのカメラを十津川に見せた。

「3号車でも、写真を撮ったかね？」

「ああ、あの事件のあった車両でしょう？　覚えていませんね。特別に変わった車両でもなかったから、撮らなかったかもしれません」

「あの車両で、乗客の一人が射殺されたんだが、まったく、気がつかなかったのかね？」

と、亀井がきいた。

「ぜんぜん気がつきませんでしたよ。気がついていれば、すぐ車掌を呼んでいます。1号車で、フランスの刑事にいわれて、初めて知ったんです」

と、宇垣は口をとがらせるようにしていった。

「あのフランスの刑事さんに、手を洗うなっていわれたんだけど、洗っちゃいけないんですか？」

と、やよいがきいた。

「硝煙《しようえん》反応を調べるんだろう。いわれたとおりにしていたほうがいいね」

と、十津川はいった。

「まるで、犯人扱いですよ。大使館を通じて、抗議したいな」

宇垣は、眼を三角にしていう。

「そうしたければ、したらいいが、関係ないんなら大丈夫だよ。君たちが3号車からいなくなった直後に、大騒ぎになったんでね」

「たまたま、その時間に、3号車を通り抜けただけですよ。僕たちより、そのとき、3号車にいた連中を疑ったらいいんだ」

「もちろん、彼らも訊問されるはずだよ」

と、十津川はいった。

「君たちの経歴を、聞きたいな」

と、亀井がいった。

宇垣は、東京のS大学を卒業したあと、東京に本社のある太陽鉄工に入社した。現在は、営業三課の係長である。

島崎やよいは、大阪の大学を卒業したあと、同じ太陽鉄工に入社した。宇垣の後輩ということである。

「まあ、僕たちは、仲のいい友人同士ということです」

と、宇垣はいった。

一緒に、ヨーロッパ旅行をしようということで、一週間の休暇をもらって、出発したのだともいう。

友だち同士といっているが、十津川の眼から見れば、恋人同士に見える。

白井があたふたと戻ってきて、十津川に小声で、

「2号車の網棚から、拳銃が見つかりました」

と、いった。

4

「サイレンサーつきのコルトスペシャルです」

と、白井はいった。

「コルトスペシャル？」

「そうです。どうも、ニューヨーク市警のバード刑事が盗まれた拳銃らしいんです」

「本当か？」

「バード刑事が、拳銃のナンバーを見て、おれのだと叫んでいました」

「しかし、彼に拳銃を見せてもらったとき、サイレンサーは、ついていないといっていたがね」

と、十津川は首をかしげた。

「しかし、サイレンサーは、ついていました」

「バード刑事も、当惑しているだろうね」

「パリ警視庁のシャルル刑事は、パリに着いたら、本格的に調べるといっています」

と、白井はいった。

松野ユキの死体だけは、途中の停車駅でおろされて、車でパリに運ばれることになった。おそらく、パリで司法解剖が行なわれるのだろう。

「君たちは、正義仮面というのを知っているかね？」

と、十津川は宇垣とやよいにきいてみた。

「なんです？　それは」

と、宇垣がきき返し、やよいは、

「テレビドラマの主人公ですか？」

「知らなければ、いいんだ」

と、十津川はいった。

午後五時過ぎに、列車はパリ・リヨン駅に着いた。

フランスの駅には、日本のような改札口はないから、ホームにまで新聞記者たちが、押しかけてきていた。

日本の新聞のパリ支局の記者もである。TGVの中で、乗客の一人が射殺されたというのは、フランスでも大きなニュースなのだ。なにしろ、フランスが世界に誇るTGVなのだ。

そんな記者たちを強引に追い払って、関係者全員がパリ警視庁に運ばれた。そのために、パリの街を何台ものパトカーが、列をつくって疾走《しっそう》した。

なにごとだという顔で、立ち止まって見守っているパリっ子もいた。

パリ警視庁に運ばれたのは、大越夫妻をはじめ、例の日本人のカップル、3号車の他の乗客、拳銃を盗まれたニューヨーク市警のバード刑事と同僚、それに十津川たちなどである。

十津川は、パリ警視庁が、というより、フランスの刑事たちが、やたらに張り切っているなと思った。

ＴＧＶは、日本でいえば国鉄である。正面には、誇らしげに、ＳＮＣＦ（フレンチ・ナショナル・レールウェイ）のマークが入っているから、警察も、自然と国家の威信ということを考えたのかもしれない。

大越夫妻が、事件と関係しているというので、駐仏大使までが駈けつけてきた。

堀田という大使は、十津川に会うと心配げに、

「どんな具合ですか？」

と、パリ警視庁の廊下できいた。

「わかりませんが、狙われたのは、大越さんで、殺された松野ユキは、そのとばっちりを受けたということのようです」

「とすると、大越さんが疑われているということでは、ないんですね？」

「もちろんです」

「それは、よかった」

堀田大使は、安心したように声を落とした。

なんといっても、大越は、財界の有力者で、日仏親善協会の会長である。その人間が、殺人事件に関係しているという噂が流れるのは、まずいだろう。

事件の正式な担当は、ピエール・ジレという警部に決まった。国鉄車内で起きた事件だが、パリ警視庁が担当するのは、最初から事件に関係していたからであろう。

ピエール・ジレは、五十歳くらいで、最初、紹介されたとき、十津川は、誰かに似ていると思ったのだが、ジャン・ギャバンに似ているのである。

あとで、白井刑事を通じて、クリスチーナが教えてくれたところでは、パリ警視庁の中でも、ピエール・ジレがジャン・ギャバンに似ていることで有名で、当人はそういわれるのを嫌がっているという。

十津川は、ピエールから協力を求められたとき、

「喜んで協力しますが、その代わり秘密主義は困りますよ」

と、釘《くぎ》を刺した。

ピエールは、眉を寄せて、

「どういうことですか？」

「たとえば、見つかった拳銃から、指紋が検出されたら、隠さずに誰の指紋だったか、ちゃんと教えてください。なんといっても、殺されたのは、日本の女性ですから」

「期待に添うようにしますよ」

と、ピエール警部はいった。

しかし、翌十八日になっても、指紋の件は何の発表もなかったし、松野ユキについて、司法解剖が行なわれるのかどうかの発表もなかった。

そのくせ、あの列車に乗り合わせた十津川たちは、呼び出され、同じことを繰り返し質問された。

ニューヨーク市警のバード刑事は、怒りまくっているし、ロンドン警視庁の二人も、穏やかにだが、情報が伝わってこないと抗議した。

マニラ警察の二人の刑事も、同じ列車に乗っていたので、事情聴取を受けたが、十八日の午後には、これ以上は滞在費が続かないといって、帰国してしまった。

十九日の午前十時になって、やっと、ピエール・ジレが、捜査の状況を十津川やバードたちに、説明してくれた。

「死体の解剖結果について、まず報告します。コルトスペシャルから発射された弾丸三発の、二発が背中に命中し、一発は、心臓に達しています。もう一発は、車体にめり込んでいました。弾丸が問題の拳銃から発射されたことは、間違いありません。試射した結果、犯人は、十メートルほどの距離から、射ったことがわかりました」

ピエールは、フランス語でいい、それをあのクリスチーナが、英語に通訳した。

「TGVの一車両は、何メートルの長さがあるんですか？」

と、十津川はきいた。彼は、英語でききき、それがフランス語に通訳され、ピエールがフランス語で答え、また、英語に通訳されるのだから、まだるっこしい。おそらく、ピエールは、英語は堪能なのだろう。それでも、決して、英語で答えようとはしなかった。

「約二十メートルです」

「すると、犯人は、ちょうど、3号車の真ん中あたりに立って、射ったことになりますね？」

「そのとおりです」

「拳銃から、指紋は検出されたのかね？」

と、ニューヨーク市警のバード刑事が、割り込むようにきいた。

「指紋は、検出されませんでした」

「拭き取ったんだ。関係者の手について、硝煙反応は、見たんだろうね？」

「やりました。事件のとき、3号車に乗っていた人間、すべての手について、硝煙反応を調べています」

「それで、結果は？」

「一人もいませんでした」

「そんなはずはない。1号車に逃げた日本人の若いカップルは、どうだったんだ？」

「もちろん、男女とも、両手の硝煙反応を調べましたが、まったく出ませんでした」

「それは、検査方法が悪いんじゃないのかね？　拳銃は、2号車の網棚に放り投げてあったんだろう？」

「2号車の中央あたりの網棚です」

「それなら、あの日本人のカップルが、3号車で射殺したあと、2号車に逃げて、コルトスペシャルを網棚に投げ捨て、さらに1号車に逃げて、なに食わぬ顔をしていたんだよ」

と、バードは大声でいった。

喧嘩腰のいい方だったが、ピエールは、あくまで冷静に、

「推理としては面白いですが、硝煙反応が出ない以上、犯人と断定することはできません」

「検査方法が悪いんじゃないのかね？」

「アメリカから購入した機械を使っていますよ」

と、ピエールは皮肉ないい方をした。

バードは、むっとした顔で、ピエールを睨《にら》んでから、

「それなら、2号車と1号車の乗客の中に、犯人がいることになる。その点は、どうなのかね？」

と、きいた。

十津川も同感だった。

怪しい人物が、3号車から4号車のバーに逃げてきた様子のないことは、十津川にもわかっていた。

とすれば、犯人は、3号車にいるか、あるいは2号車、1号車に逃げ込んだはずである。

「2号車、1号車の乗客の名前と住所は、控えてあります。全部で二十七人。フランス人がそのうち十八人。残りは、観光客です」

相変わらずピエールは、冷静な口調でいった。

「彼らの手の硝煙反応を調べたのかね？」

「それは、調べていません」

「なぜ《ホワイ》？」

と、バードは大声を出した。

「3号車の乗客七人が、事件の直後に3号車から出ていったのは、日本人のカップルだけだと証言しているからです」

「しかし、おれたちも警官をやっていて、よくわかるんだが、人間の眼なんか、まったく当てにならんものだ。それに、3号車の七人の乗客は、犯人や被害者を見ていなかったし、サイレンサーのために、銃声も聞いていない。とすれば、日本人のカップル以外に、逃げ出した人間がいても、気がつかなかった可能性は、大いにあるんじゃないのかね？」

「私は、七人の乗客の眼を信じていますよ」

「それじゃあ、2号車、1号車の乗客については、なにも調べないのかね?」

「もちろん、被害者、あるいは、ムッシュー・大越との関係について調べます。動機の有無です。その結果についても、報告しますよ」

と、ピエールはいった。

「おれのコルトスペシャルは、いつ返してもらえるんだ?」

バードが、きいた。

「殺人事件の凶器なので、しばらく返却できません」

と、ピエールは冷静な調子でいってから、

「サイレンサーは、ついていなかったんですね?」

「おれたちは、刑事だよ。サイレンサーを使うはずがないじゃないか」

と、バードは肩をすくめた。

次に、ロンドン警視庁のエリザベス警視が、ノートをとりながら、

「犯人は、ミスター・大越を狙ったのだが、それが、傍にいた秘書のミス・ユキに命中したというのは、間違いないんですか?」

と、きいた。

ピエールは、相手が女性なので、丁寧に、

「お答えします。外れた一発は、車体にめり込んでいるわけですが、ムッシュー・大越

の身体をかすめたと思われます。それに、彼がしばしば脅迫されていたことから考えて、犯人の本当の標的は、ムッシュー・大越だったと思われます。マダム・エリザベス」

「彼女が、標的だった可能性は、まったく考えていないわけですか？」

と、エリザベスが、きいた。

「殺すぞと、絶えず脅迫されていたのは、ムッシュー・大越だったんです。それに、犯人は、素早く射たなければならなかった。ムッシュー・大越を殺そうとして、横にいた秘書を射ってしまうことは、大いにあり得ると思いますね」

と、ピエールはいった。

「ミスター・大越自身は、なんといっているんですか？」

ロンドン警視庁のデニスが、上司のエリザベスに代わって、質問した。

「もちろん、狙われたのは、自分だったに違いないと、いっています。彼の自宅には、爆発物が送りつけられていますし、グルノーブルのホテルに届いた脅迫状も、見せてもらいました。これは、フランス語と英語に翻訳して、あとで、皆さんにもお見せします」

「すると、犯人は、日本人に限定しているわけですか？」

「そう限定するのは、危険だと思っているのです。ムッシュー・大越は、世界的な規模で活躍している財界人です。それだけに、ジャパン・バッシングの恰好の標的にもなっています。とくに、最近、ニューヨークやハワイの土地やビルを買収したり、フランスでは、シャトーを買収して、反感を買っていたことは、事実です。私も、新聞に日本人にシャトーを売ったことを非難する投書がのっていたのを、読んだ記憶があります。したがって、犯人は、フランス人やアメリカ人の場合も、考えられるのです」

「すると、2号車、1号車の乗客が犯人である可能性が、高いということになってくるはずだ」

と、ニューヨーク市警のバード刑事が、口を挟んだ。

なにか、問題をむし返した感じを、十津川は受けたし、もちろん、ピエールも同じ感じだったろう。

それまで、冷静に話を進めていたのが、一瞬、かたい表情になった。

フランス人には、アメリカ文化の元は、自分たちの文化だという自負があるように、十津川は思う。今度、フランスへ来て、各国の刑事たちと話して、特に強烈にそれを感じた。フランス人の強い中華思想である。日本人は、どんどん、英語というか、アメリカ語を日本語の中に取り入れるが、フランス人は、頑固《がんこ》なほど拒否している。白井にいわせると、フランス人自身、不自由を感じているらしいのだが、頑固なのだろう。

フランス人は、日本人に似ているという人がいるが、十津川は、話してみて、むしろ中国人に似ているような気がしてきた。

「それを、決めるのは、われわれフランス警察です。ここは、フランスだし、フランスで起きた事件ですからね」

と、ピエールは、ぴしゃりといった。

だが、バード刑事は、相手の感情を無視して、

「やはり、2号車、1号車の乗客について、硝煙反応を見なかったのは完全なミスだな」

と、いった。

彼が、英語で喋っている間に、もうピエールの顔色が変わっていたから、やはり英語も堪能なのだ。

十津川は、困ったなと思ったが、日本人同士の会話ではないので、どう口を挟んでいいのかわからなかった。

ロンドン警視庁のエリザベス警視も、同じ気持ちだったのか、

「別に、硝煙反応だけが、すべてじゃありませんからね。幸い、全部の乗客の名前も住所もわかっているんだから、今後のパリ警視庁の捜査を期待しますわ」

と、口を挟んだ。

女性が柔らかな調子でいったのが、よかったらしい。

ピエールは、微笑して、エリザベスに向かい、

「ご期待に添えるものと思っています。マダム」

と、いった。

バードは、ニコリともしないで、

「おれは、一刻も早く、コルトスペシャルを、返してもらいたいね」

と、いった。

5

十津川たちは、パリ市内で、一流といわれるコンコルド・ラファイエット・ホテルに泊まった。いわゆる四ツ星のホテルである。

本当は、もっと安いホテルに泊まりたかったのだが、大越夫妻と秘書の三浦が、このホテルに泊まっていたからである。

犯人が大越を狙ったのだとすれば、もう一度、彼か夫人を襲う危惧があった。なんとかして、それを防ぎたかったのだ。

同じホテルに、泊まれというのは、三上刑事部長からの命令だった。

それでも、少しでも、経費を節約したくて、十津川と亀井は、ツインに泊まり、若い白井は、二ツ星の小さなホテルに泊まらせた。

十津川は、一日に一回か二回、東京の本多一課長と連絡を取った。ホテルの部屋から、直通でかかるので楽である。

「東京でも、こちらの事件は、大きく扱われていますか？」

と、十津川は、きいてみた。

「どの新聞も、一面と社会面で、大きく扱っているよ。なにしろ、狙われたのが、大越専一郎だし、自宅に、爆発物が送りつけられた直後だからね」

「こちらの新聞も、大きく扱っています。大越専一郎が大物だからじゃなくて、TGVの中での殺人だからのようですが」

「犯人は、まだわからずかね？」

「そうです」

「犯人が、車内にいたことは間違いないんだから、簡単な事件に思えるがねえ」

と、本多は、いった。

「それが、なにしろ、TGVには、各国の人間が乗っていましたから、動機の発見が難しいようです。日本人に限定できれば、楽なんでしょうが」

と、十津川はいった。

「大越夫妻の様子は、どうだ？」

「ホテルで、ときどき会いますが、落ち着いていますね」

「警備は、どうなってるんだ？　また狙われる可能性があるんだろう？」

「それは、パリ警視庁も考えていて、警官を二名、このホテルに置いてくれています。われわれも眼を光らせていますが。ただ、やたらに来客があるので、それが困りものです」

と、十津川はいった。

「どんな客がくるんだ？」

「駐仏大使は、毎日、来ています。フランス政府の要人も、見舞いに来ています。それから、大越コンツェルンのパリ支店があって、その支店長なんかは、大変ですよ」

「早く、日本へ帰ってきてくれれば、われわれがなんとかできるんだがね」

と、本多がいった。

「同感です」

「若い白井刑事は、役に立っているかね？」

「フランス語ができるので、助かっていますよ」

「カメさんが、白井刑事は、恋をしているようなことをいっていたが、どうなんだね？」

と、本多がきいた。

十津川は、受話器を持ったまま、微笑して、

「パリ警視庁のクリスチーナという若い女性刑事です。小柄な美人で、二人で、仲良くやっていますが、恋愛までは、いかないと思いますね」

「ごたごたは、ごめんだよ」

と、本多はいった。

「大丈夫です」

と、十津川はいった。

それでも、電話のあと、なんとなく、白井のことが心配になって、彼の泊まっているホテルに電話してみた。

日本の若者たちが、よく泊まるホテルなので、フロントに日本語のわかる人間がいる。

そのフロント係が、外出していますといった。

十津川は、腕時計に眼をやった。午後十時を廻っている。伝言を頼んで、受話器を置いたのだが、十津川は、亀井と顔を見合わせた。

「ホテルにいないんですか？」

と、亀井がきく。

「そうなんだ。この時間だから、なんとなく気になってね」

「恋人同士が、パリの夜を楽しむにはいい時間ですね」

「カメさん」

「わかってます。なにか、事件に進展があって、パリ警視庁に飛んでいったんでしょうか？」

「それならいいんだがね」

「大丈夫ですよ。真面目な男ですから、なにかあれば、連絡してくるはずです」

と、亀井はいった。

しかし、二人とも、落ち着かない顔になった。

午後十一時を廻っても、白井から連絡がなかった。ホテルに帰り次第、電話をくれるように伝言しておいたのである。

もう一度、ホテルに電話してみようと思ったとき、やっと、部屋の電話が鳴った。

「白井君か？」

と、待ちかねて、十津川がいきなりきくと、

「ミスター・トツガワ？」

と若い女の声がきいた。

「え？」

と、きき返してから、クリスチーナの声だと気がついた。

「なにか急用ですか？」

と、十津川は英語できいた。

「ミスター・シライがいません」

クリスチーナが、ゆっくりした英語でいった。

「われわれも、彼がホテルにいないので、心配しているところです。なにか知っていませんか？」

と、十津川は逆にきいた。

「午後九時半ごろ、電話がありました。車を用意して、待っていてくれと、彼はいいました。それで、友人の車を借りて、待っていましたが、まったく連絡がありません。彼のホテルに電話しても、留守です」

と、クリスチーナがいう。

「なんのために、車を用意しろといったかわかりますか？」

「ノン。彼は、とても急いでいて、すぐ電話を切ってしまいました。だから、わかりません」

「今夜、二人で、どこかへ行くという約束はあったんですか？」

と、十津川はきいてみた。

「今度の事件が解決したら、お祝いに、二人で、食事をしようと約束したことはあります。でも、今日じゃありません」

と、クリスチーナはいう。

「パリへ帰ってから、車を用意してくれといったのは、今夜が初めてですか？」

「ウイ」

「彼が見つかったら、すぐ、あなたに連絡しますよ」

と、十津川はいい、クリスチーナの自宅の電話番号をきいた。

「どうしますか？」

と、亀井がきいた。彼の表情も緊張したものになっていた。

「彼のホテルへ行ってみるか？」

「この時間なら、大越夫妻にも、動きはないと思います」

と、亀井はいった。

二人は、念のために、大越夫妻が部屋にいるのを確認してから、ホテルを出た。

タクシーを拾って、白井の泊まっているホテルに向かった。

セーヌの左岸にあるホテルである。

今、十津川たちの泊まっているホテルは、三十階建てのアメリカン・スタイルだが、白井のほうは、三階建ての小さなホテルである。

着いたのは、十二時少し前だった。

フロントに行くと、さっき電話で話した日本語のできるフロント係が、

「ミスター・白井は、まだ戻っていません」

と、十津川にいった。日本の大学に四年間いたという男である。

「本当に、外出しているのかね？　部屋で、気絶していたりするんじゃないのかね？」

と、十津川はきいた。

「では、一緒に見てください」

と、フロント係はいい、合カギを持ち、十津川たちと、二階にあがった。

部屋を開けてくれたので、十津川と亀井は、中に入った。

シングルルームで、狭い部屋である。ベッドには、寝転んでいた痕《あと》がある。見覚えのあるスーツケースが隅に置かれ、バスルームには、洗濯したワイシャツが干してあった。

間違いなく、白井の部屋なのだ。

何か、メモでもあればと思い、十津川と亀井は、狭い部屋の中を探し、スーツケースを開けてみたが、何も見つからなかった。

このホテルでは、部屋のキーは、持って外出することになっていて、キーは、フロントに戻っていない。つまり白井は、キーを持って、外出したとしか、考えられないのである。

（いったい、どこへ行ったのだろうか？）

ベッドに腰を下ろして、十津川は、考え込んでしまった。

白井は、大学でフランス文学を専攻し、二回ほどフランスへ旅行したことがあると、いっていた。

そのときは、当然、パリでも遊んだろう。それが、なつかしくて、見物しに出かけたのか？

いや、白井は真面目な男だから、事件の最中に、個人的な用で、夜おそくホテルを出ていくとは、考えられない。

（クリスチーナに、車の用意をしてくれと頼んだのは、なぜなのだろう？）

パリの郊外へでも行きたかったのか？　それもクリスチーナと二人でである。

だが、それも考えにくい。

第一、タクシーでもいいはずである。わざわざ車を用意させたのは、タクシーではできないことをするつもりだったのではないか？

（わからない）

と、十津川は、一層、考え込んでしまった。

6

翌二十日の朝、十津川は、電話のベルで叩き起こされた。

クリスチーナだった。

「ミスター・シライが、死にました」

と、彼女は涙声でいった。

「何をいってるんです？　彼が死んだなんて――」

十津川は、腹を立て、怒鳴った。

「すぐ、迎えにいきますわ」

と、クリスチーナはいった。

二十分ほどして、彼女は、小型のプジョーで迎えにきた。

「すぐ乗ってください」

と、クリスチーナは青白い顔でいった。

「本当に、白井は、死んだのかね？」

「ウイ」

と、クリスチーナは肯《うなず》き、車をスタートさせた。

「どこへ行くんだ？」

と、十津川がきいても、彼女は、聞こえなかったみたいに、ただ、車を走らせていく。

クリスチーナが、連れていったのは、白井の泊まっているホテルの近くのセーヌの川岸だった。

気がつくと、パトカーが、三台、並んで停まっている。

十津川たちは、車から降りると、石段を川面に向かって、駈けおりた。

一段低いところに、遊歩道が作られていて、恋人たちが、歩いていたりするのだが、朝早い今は、まだ彼らの姿はない。その代わり、警官たちが、小さなかたまりをつくっていた。

その人垣の中に、びっしょりと濡れた白井が仰向けに、横たえられていた。

警官たちの中に、ピエール警部もいて、十津川の顔を見ると、

「あなたの部下ですか?」

と、英語できいた。

十津川は、黙って肯いてから、じっと白井を見つめた。

胸を刺されているのがわかった。犯人は、刺しておいて、セーヌに突き落としたのか。

「誰が、なぜ?」

と、十津川は、日本語で呟き、あわてて、それを英語でピエールにいった。

「財布や、腕時計が失《な》くなっていますから、物盗りの犯行ということも、考えられます。最近、この辺りで、観光客が何人か、狙われているのですよ。犯人は、ジプシーかアルジェリア人だと思われるのですが」

「何人も、殺されているんですか?」

「ノン。殺されたのは今度が初めてですが、ナイフで脅かされた観光客はいます。その

中には、日本人もいます」

と、ピエールはいった。

クリスチーナは、死体の傍に、じっと立ちつくしている。

「信じられませんね。こんなことになるなんて――」

と、亀井が呟いた。

パリで、ときどき日本人観光客が、スリやたかりに狙われる話は、十津川も聞いている。

しかし、だからといって、白井が狙われたとは、考えにくいのだ。

クリスチーナが、ピエールになにか話している。自分と白井との関係を、話しているのだろうかと思って見ていると、ピエールが十津川の傍へきて、

「彼女の話は、本当ですか？　車に乗ってなにかしようとしていたというのは」

「多分、本当だと、思います」

「なんのために、車が必要だったんでしょうね？」

そうきかれても、十津川には答えようがないのだが、思いつくままに、

「遠出をしたかったのか、あるいは、誰かを尾行するのに、車が必要だと思ったんじゃありませんか」

「尾行？　誰を尾行するつもりだったんですか？」

「わかりません」

と、十津川は正直にいった。

「しかし、TGVの中で起きた殺人事件に関連してのことでしょうね?」

「おそらく、そうでしょうが、具体的には、なにもわからないのです。尾行にしても、証拠はまったくありません」

「失礼ですが、ミスター・十津川は、TGVの事件について、犯人は誰と想像がついていましたか?」

と、ピエールがきいた。

「いや、わかっていません」

「ミスター・白井は、どうですか?」

「私と同じだったと、思いますが」

「すると、尾行のために、車が必要だったという推理は、今のところ、不確かということですね?」

と、ピエールはいった。

十津川にしても、証拠がないし、第一、誰を尾行しようとしたのかが推理できない以上、ピエールの言葉に反論できなかった。

白井の死体が、車にのせられて、運ばれていくと、十津川と亀井は、その場に残った。

ピエールに同行をすすめられたが、考えたいことがあるからと、断わったのである。十津川も亀井も、しばらくは、暗いセーヌの川面を眺めていた。白井の突然の死が、なかなか実感になってこないのだ。彼のずぶ濡れの死体を見たのにである。

「少し歩こうか」

と、十津川はいい、二人は、石畳の遊歩道を歩き出した。今日は、どんよりと曇っていて、肌寒い。

「ここから、彼の泊まっていたホテルまで、どのくらいの距離ですかね？」

歩きながら、亀井がいった。

「歩いてみるかね？」

「そうしましょう」

と、亀井が肯いた。

二人は、セーヌ沿いに、例のホテルに向かって、歩いていった。約三十分で、ホテルの前に着いた。

「昨夜、白井は、あそこまで歩いていって、刺されたんですね」

と、亀井がいう。

「ただ歩いていったのか、それとも、誰かに会いにいったのか」

「物盗りが白井を殺したとは、とても思えないね」

「すると、やはり、誰かを尾行していって、刺されたことになりますか?」

「ああ、その線が、一番、可能性があると思うんだが、相手が誰か、まったく見当がつかん」

と、十津川は絶望的にいった。

これが、日本なら、部下を督励《とくれい》して、聞き込みをやり、昨夜の白井の行動を明らかにするのだが、パリではそれができない。

二人は、考えをまとめようと、またセーヌの川岸を歩くことにした。

「白井が誰かを尾行して、あの現場まで行って、相手に刺殺されたとして、考えてみようじゃないか」

と、十津川がいった。

「相手が誰かわかりませんが、午後九時半に、クリスチーナに車の用意をしてくれと電話していますから、この時点で、尾行する相手を見つけていたんだと、思いますね」

と、亀井がいった。

歩いているうちに、橋の袂《たもと》で、焼き栗を売っているのが見えたので、それを二袋買った。朝食を食べずに、飛び出してきていたからである。

二人は、歩きながら、焼き栗を食べた。

「白井が、われわれに連絡もせずに、夢中で尾行した相手となると、TGVの殺人事件に関係した人間以外には、考えられないね」

と、十津川はいった。

「そうです。日本で起きた殺人事件の容疑者を、たまたま見かけて、尾行したというケースも皆無ではないと思いますが、可能性は非常に低いと思いますし、この場合は、クリスチーナに、助力は求めないと思いますね」

と、亀井はいった。

「TGV事件の関係者を、尾行したとしよう。その際、なぜ、われわれに連絡しなかったんだろう？　なぜ、勝手に行動したんだろう？」

「自信がなかったんじゃありませんか？」

と、亀井がいう。

「自信？」

「そうです。白井は、昨夜、事件の関係者を見かけた。きっと、その人間は、なんとなく、おかしい行動をしていたんでしょう。だが、白井には、その人間が、怪しいと断定できるだけの自信がなかった。私や警部にいえば、笑われるのではないか、その不安があって、とにかく尾行してから、その結果次第で、報告しようと思っていたんじゃないでしょうか？」

「なるほどね」

「尾行に車が必要と思って、クリスチーナに電話をしたということですが、勝手に解釈すれば、彼女と一緒に、行動したいという気もあったと思います。なにしろ、若者同士ですから」

と、亀井がいった。

「わかるよ。だが、車の用意ができないうちに、相手が動き出してしまったので、白井も、ひとりで尾行したということになるね」

「そして、相手に刺されてしまったんです」

「TGV事件の関係者といっても、範囲が広いな。大越夫妻、秘書の三浦、日本人の若いアベック、事件のとき3号車に乗っていた他の乗客、それに2号車、1号車の乗客まで入ってくる」

と、十津川はいった。

「その中に、今でもパリ警視庁に留置されている人間はいないわけでしょう? 硝煙反応が出なかった人間は、釈放されているし、2号車、1号車の乗客は、ピエール警部が、最初からシロと見ているようですから」

「全員に、可能性ありか」

と、十津川は小さく溜息をついた。

「日本人に、限定してみますか？」

と、亀井がきいた。

「そうだねえ」

十津川は、あいまいに肯いた。

太陽が顔を出したので、いくらか暖かくなった。食べ終わった栗のカラを、袋ごと屑箱に投げ捨てた。

ベンチに腰を下ろし、セーヌの川面を見ながら、十津川は、煙草に火をつけた。

フランスでも、禁煙の表示はよく見かけるし、グルノーブルから乗ってきたTGVの場合でも、客車八両のうち五両が禁煙車だった。

しかし、その一方で、歩きながら、平気で煙草を吸っているパリっ子も多いのだ。とくに若い女性が颯爽《さつそう》と咥《くわ》え煙草で歩いているのには、びっくりもしたし、禁煙のできない十津川には、頼もしく見えた。

「もし白井が、TGV事件の関係者を尾行していて、殺されたのだとすると、その相手は、松野ユキを射殺した犯人か、犯人になんらかの意味で関係があったことになるね」

と、十津川はいった。

「白井は、前から刺されています。油断していたに違いありません。ですから、TGV事件の犯人とは、思わなかったのかもしれません。少しは、怪しいと感じていたし、だから、尾行したんでしょうが」

「すると、やはり、相手は日本人か？」

「全員が、間もなく日本へ帰ると思いますよ。パリ警視庁がいくら調べても、犯人であるという証拠は、つかめないようですから」

「そうなんだ。ピエール警部も、困っていると思うよ」

と、十津川はいった。

第三章　東京の夜に

1

二つの事件とも解決しないままに、一週間が経過した。

十津川もだが、パリ警視庁のピエール警部も、二つの事件がつながっていると考えているようだった。したがって、片方が解決しないと、もう一つの事件も解決しないのだ。

大越夫妻が帰国することになったのは、十月二十七日である。

パリ警視庁としては、夫妻のうち、とくに大越は今度の事件の重要な証人だったから、もう少しパリに残って、捜査に協力してもらいたかったろうが、なんといっても、大越コンツェルンの社長である。また、日仏親善協会の会長でもあってみれば、帰国の要求を拒否はできなかったのだろう。

大越夫妻が帰国ということになると、当然、秘書の三浦も一緒にということになった。日本に帰ってからの仕事に、どうしても秘書の三浦は必要だと、大越がいったからである。

ＴＧＶの車内で射殺された松野ユキの遺体は、すでに日本に移送されていた。白井刑事の遺体は、それより三日おくれ、亀井刑事が付き添って帰国した。ひとり、パリに残った十津川は、十月二十九日にピエールに呼ばれた。

さすがに秋の深まりを見せて、肌寒さを感じさせるようになっていた。

パリ警視庁の窓から見える樹々もすっかり黄ばんで、落葉が激しい。フランスの樹は、紅葉せずに落葉する。

「宇垣亘と島崎やよいの二人も、帰国させることになりました」

と、ピエールは英語で十津川にいった。

「彼らが犯人だという証拠は、とうとう見つかりませんでしたか？」

十津川も、英語できいた。

「ＴＧＶの車内での射殺事件についていえば、二人の手から、硝煙反応は検出されませんでした。それに、狙われていた大越夫妻との関係も出てきません。また、白井刑事が殺された事件についてですが、二人は、当夜、ホテルにいたと証言しています。これをくつがえす証拠は、見つからないのです」

ピエールは、残念そうにいった。

「関係した日本人が、全員、帰国してしまうとなると、私もこれ以上、パリにいても仕方がありませんから、日本に帰ることにします」

　と、十津川はいった。

「そうですか」

　と、ピエールは肯いてから、

「どうですか。今夜、一緒に食事をしませんか。パーティをやるような大きな店じゃありませんが、家庭的で、安くて、美味《うま》い店があるんです」

「ぜひ、ご一緒したいですね」

　と、十津川は笑顔でいった。

　夕方、ピエールが、車でホテルまで迎えに来てくれた。白いシトロエンには、ニューヨーク市警のバード刑事が乗っていた。

「TGVの中で、日本女性が殺された責任の一端は、凶器の拳銃を盗まれたおれにある。改めて謝罪したい」

　と、バードは大きな身体を車の中で折り曲げた。

「あなたからコルトスペシャルを盗んだ人間に、思い当たりませんか？」

　と、十津川はきいた。

「それを、おれは、ずっと考え続けてるんだ。ニューヨークにいるときのおれは、いつもぴりぴりしていて、誰かが触っただけで気がつくんだが、ここではついのんびりしてしまってね。自分自身に腹が立っているんだよ」

「あなたの拳銃には、サイレンサーがついてなかったわけでしょう?」

十津川がきくと、バードは、大きく肯いて、

「それも、おれは、おかしいと思っているんだ。日本でもそうだろうが、アメリカの刑事は、サイレンサーは使わない。だから、当然、拳銃につけたりはしない。それなのに、今度の犯人は、おれのコルトスペシャルに、サイレンサーをつけて使いやがった。まさか、サイレンサーだけを持っていたわけじゃない、と思うんだがね」

「犯人は、人混みの中で射つことを、最初から考えていたんだろう。だから、サイレンサーを持っていたんだ」

と、ピエールがいった。

「すると犯人は、自分の拳銃も持っていたことになるのかね? たまたま、おれのコルトを盗むことができたので、サイレンサーをつけかえたんだろうか?」

「世界じゅうの刑事が集まったんだ。誰かが拳銃を持っていると、犯人は最初から予想していたんじゃありませんかね。とくにアメリカの刑事なら、絶対に拳銃を持っているだろう。それも、コルトスペシャルを。それで、凶器は盗む気で、サイレンサーだけを用意してきたのかもしれません。刑事は、ミスター・バードもいったように、サイレンサーは持っていませんからね」

と、十津川は考えながらいった。

そんな話をしている間に、ピエールの運転する車は、カルチエ・ラタンにある小さなレストランに着いた。

ピエールのいったとおり、十二、三人でいっぱいになる狭い店だった。

中年のマダムとその娘が店にいて、迎えてくれた。

奥の予約されたテーブルに着くと、一つだけ椅子が空いている。

「ここは、誰が来るのかね？」

と、バードがきいた。

ピエールは、腕時計に眼をやって、

「間もなく来ると思うから、先に始めよう」

と、いった。

ワインで乾杯のあと、手作りの料理が出されたが、たしかに素朴で、十津川にはかえって、一流の店のフランス料理より口に合った。

空いた席に、十二、三分して、やっと待っていた人が現われた。

あのクリスチーナだった。

「ムッシュー・十津川が、日本に帰ることになったといったら、彼女が、ぜひ渡したいものがあるというのでね」

と、ピエールがいった。

クリスチーナは、ハンドバッグから、日本のお守りを取り出して、十津川に見せた。成田山のお守りである。

「これを、ムッシュー・白井からもらいました。これを持っていると、神様が、危険から身を守ってくれるんだといってですわ。これを、私にくれなくて、彼が持っていたら、助かったかもしれないと思って、悲しいんです。だから、これを、彼の遺族の方に返してもらいたいんです」

と、クリスチーナはいった。

十津川は、首を横に振って、

「それは、これからも、あなたがずっと持っていてください。そのほうが亡くなった彼が喜びますよ。なにか別のものを、記念に、遺族にあげてくれませんか」

と、頼んだ。

クリスチーナは、当惑した顔になって、

「でも、なにをあげたらいいのかしら？」

「一番いいのは、あなたの写真だと思いますよ。彼と一緒に撮ったものがあれば、それが最高です」

と、十津川はいった。

「探してみますわ」

と、クリスチーナはいった。

十津川は、彼女と白井とはどんな関係だったのだろうかと、食事をしながら考えた。

もちろん、わずか四、五日のつき合いだから、二人の間に愛が生まれていたとは思えない。

だが、白井は、いかにもパリジェンヌという感じのクリスチーナに、好意を持っていたことは間違いない。だからこそ、成田山のお守りをプレゼントしたりしたのだろう。

（彼女は、どうだったのだろう？）

それを質問してみたかったが、十津川は、とうとう最後まで口にしなかった。

こちらで勝手に、彼女も、白井に好意を持っていたと、考えていたほうがいいと思ったからである。

2

翌日、十津川は、ドゴール空港から発《た》った。

ピエールとクリスチーナが、見送りに来てくれた。

彼女が、封筒に入った二枚の写真を十津川に渡した。ポラロイド写真で、グルノーブルで白井と並んで写っていた。

「ありがとう」

と、十津川はクリスチーナに礼をいった。

「われわれは、引き続き事件の捜査を続けます。ムッシュー・十津川も、日本に帰ってから調べてみてください。ときどき情報を交換したいですね」

と、ピエールがいった。

「それは、約束します」

十津川は、ピエールと握手をしていった。

十津川を乗せたエール・フランス機は、曇り空の中を、日本に向かって飛び立った。

行きは直通だったが、帰りはアンカレッジ経由である。

眼を閉じたが、なかなか眠れず、眠れぬままに、十津川は、今度の事件のことを振り返ってみた。

犯人は、なぜ、TGVの車内で、狙撃したのだろうか?

なぜ、白井が、殺されなければいけなかったのだろうか?

その二つが、大きな疑問だった。小さな疑問は、いくらでもある。

答えは、見つかっているようで、はっきりしないのだ。

日本に帰っても、この事件は、続くのだろうか?

それは、犯人が、いぜんとして、大越を狙うかということである。犯人が、今度の事件で、警察の追及が厳しいと思えば、しばらくは控えるだろう。だが、それ以上に、大越への憎しみが強ければ、日本に帰ってからも狙うだろう。

成田空港には、亀井が車で迎えに来ていた。

「お疲れになったでしょう？　私も、帰りの飛行機の中では、ほとんど眠れませんでした」

と、亀井はいった。

「そうなんだよ。ずっと、窓の外には、太陽が出ていたからね」

と、十津川は苦笑した。

車で警視庁に向かいながら、十津川は、

「大越夫妻は、もう、帰っているはずだが」

「それで、三上部長も、警戒を強めるように指示されました。また、あの夫妻が、狙われる可能性があるといわれましてね」

「そんな空気は、感じられるかね？」

「まだ、なんともいえません。大越夫妻は、三日前に帰国したんですが、空港では、なんの騒ぎも起きませんでした」

「なにも起きずか」

「犯人側も、用心しているんだと思いますね。フランスでは、あんな大騒ぎになったし、日本の刑事が一人、殺されていますからね」

と、亀井は車を運転しながらいった。

「その白井刑事の遺族に、クリスチーナから、彼と一緒に撮った写真を渡してくれと頼まれたよ」

「そうですか」

「白井は、彼女に成田山のお守りをプレゼントしていたんだ。そのお礼にといってね。カメさんは、知っていたかい？」

「いいえ。まったく知りませんでした。亡くなった白井も、マドモアゼル・クリスチーナのことは、楽しい思い出になっているんじゃありませんかね」

と、亀井はいった。

「彼の告別式は？」

「殉職扱いになりまして、明日、警視庁葬が、護国寺《ごこくじ》で行なわれます」

「殉職扱いになったのか」

十津川は、ほっとした声になった。

夜のパリで殺された。それも、十津川たちに黙って、ホテルを出たということで、殉職扱いは難しいと、思われていたからである。

翌日の午後二時から、護国寺で告別式が行なわれた。

白井の両親に、十津川は、クリスチーナから預かってきた写真を渡した。多分、白井のアルバムに、二人の写真がつけ加えられるだろう。

大越夫妻は、姿を見せなかったが、フランスで一緒だった秘書の三浦が、香典を持って参列した。

十津川は、三浦と話をした。

フランスで会ったときも、いかにも頭の切れそうな、有能な秘書の感じがしたのだが、日本へ帰って会うと、その感じは、一層強くなった。

「社長は、こういっています。白井刑事が亡くなったのも、自分たち夫妻が狙われたことと関係があるだろう。だから、お詫びしておいてくれ、とです」

と、三浦はいった。

「刑事に、危険はつきものです。大越夫妻のことですが、日本に帰ってからも、脅迫状が来たり、電話があったりしますか？」

と、十津川はきいた。

「今のところ、まだありません」

「犯人も、警戒しているのかな」

「私も、そう思います」

「これから一週間の夫妻のスケジュールを、教えてくれませんか」

「護衛してくださるわけですか？」

「そのつもりです」

「しかし、社長は、申しわけないといって、固辞するといっています。頑固な人ですから」

「大越さん自身は、TGVの車内の事件をどう思っておられるんですかね？」

と、十津川はきいた。

「松野君が、自分の身代わりになってしまったと、悔やんでおられます。一緒にフランスへ連れていかなければ、死なずにすんでいたはずだということでです」

「脅迫の主について、社長は心当たりがあるんですか？　秘書のあなたの意見でもいいんですがね」

と、十津川はきいた。

「社長も私も、正直にいって、心当たりがありません。社長は、仕事のことなんかで、憎まれていることは知っているが、それはありがちなことで、フランスまで追いかけて来て、殺そうとするはずはないといっています。私も、同感なんです。たしかに、仕事の面での競争相手は多いし、社長がいろいろと誤解される人だということも、間違いないのですが、脅迫状の主となると見当がつかないのです」

三浦は、冷静な口調でいった。

「大越夫人は、どういっているんですか？　フランスの方だから、わかりませんかね？」

と、十津川はきいてみた。

「非常に聡明な方ですが、警部さんもいわれるように、なんといっても、フランスの方ですから、細かいことはおわかりになっていません。ただ、松野君が殺されたことで、大変に怒っておられますね。卑劣な人間だといってです」

「犯人は、日本人だと思いますか？　それとも外国人だと」

と、十津川は視点を変えてきいた。

「そのことは、社長とも話しました。ひょっとすると、奥さんのことで、何か犯人が恨んでいることがあるのではないかとも、社長は、考えておられましたね。しかし、今もいいましたように、結局、わからないのです。日本人の可能性が強いが、外国人、とくにフランス人であることも、考えられるということしかです」

と、三浦はいった。

「そうですか」

「具体的なご返事ができなくて、申しわけありません」

「いや、いいですよ。また、何かあったら、すぐ連絡してください」

と、十津川は頼んだ。

告別式のあと、十津川は、亀井と近くの喫茶店でコーヒーを飲んだ。

「久しぶりに、日本のコーヒーを飲んだよ」

と、十津川は笑顔でいった。

「私には、やはり、フランス料理より日本のあっさりした料理のほうが、口に合いますね」

と、亀井がいう。

十津川は、煙草に火をつけてから、

「今度の事件で、どうしてもわからないことがあるんだよ」

と、いった。

「犯人の動機ですか？　なぜ、大越夫妻を憎むのか」

「それもあるが、なぜ、日本でなく、フランスで、大越夫妻を狙ったかということなんだ。日本のほうが狙いやすかったろうにね。それも、列車の中で狙うなんて、犯人にとっても、非常に難しかったろうにさ」

と、十津川はいった。

「それだけ、急いでいたということじゃありませんか？」

と、亀井がいう。

「急いでいた——か」

「さもなければ、フランスのほうが、狙いやすいと思ったか」

「夫妻の傍には、二人の秘書しかいなくなるからかね？」

「そうです」

「しかし、犯人は、わざわざ東京からフランスにいる夫妻に、脅迫状を送りつけているんだ。警戒させておいて狙うのなら、日本だって、同じことだと思うんだがね」

と、十津川はいった。

「フランスで、夫妻が行なおうとしていたことに、犯人が腹を立てたということは、ありませんかね？」

と、亀井が別の理由をあげてみせた。

「大越夫妻が、今度のフランス行きでやったことは、なんだったんだろう？」

「表向きは、日仏友好ということだったんじゃありませんか。それに、奥さんの里帰りということもあったと思いますね」

「フランスの古い城を買収したという話も聞いているよ」

「それで、フランス人の間に、大越への批判があるとは思いますが、それで彼を殺そうとするとは、とても思えません。買収に不正があったとしても、フランス人は、訴訟で、それを糾弾《きゅうだん》しようとするんじゃありませんか」

と、亀井はいった。

「すると、特別に、フランスで大越夫妻を狙わなければならない理由は、見つからないわけだね」

「今のところはです」

と、亀井がいった。

「例の二人の男女は、どうしているね？」

「TGVに乗っていた日本人ですね。男のほうは、また外国へ出かけるようです」

「また？」

「旅行が、趣味らしいです」

「しかし、宇垣は、サラリーマンだろう？　よく休みがとれるね？」

と、十津川はきいた。驚きであり、同時に羨ましかったのだ。刑事の仕事だと、休日はあっても休めないことが多い。

「彼の勤めている太陽鉄工は、週休二日ですし、他に、年に二十日間の有給休暇があります。それを組み合わせると、年に何回か外国へ行かれるみたいですよ」

「今度は、どこへ行くんだ？」

「東南アジアらしいです」

「じゃあ、その前に会ってくるかね」

と、十津川はいった。

中央線の中野にあるマンションに、二人は、宇垣に会いに行った。

夜の九時に行ったのに、宇垣はまだ帰っていなくて、近くの喫茶店で一時間近く待たされた。

「いろいろと、忙しいんです」

と、宇垣はいいわけめいていった。

「また、旅行に行くそうですね？」

十津川がきくと、宇垣は、嬉しそうにニヤッとして、

「それが、生甲斐《いきがい》みたいなものですからね」

「今度は、彼女は一緒じゃないんですか？」

「島崎君は、行きません。今度は、ひとり旅です」

と、宇垣はいってから、急に顔をしかめて、

「まだ、僕のことを疑っているんですか？」

「いや、あの日のTGVの様子を、乗っていた人に聞いて廻っているんですよ。車内の様子を詳しく再現してみたいからです」

「僕だって、あのとき、ただ、3号車を通っただけですから、なにも覚えていませんね。島崎君もそういっていましたよ」

「車内の写真を撮ったといいましたね。その写真は?」

「パリ警視庁のピエールという警部に渡しましたが、すぐ返してくれました。参考にならないといってね」

「今も、持っていますか?」

「ええ。しかし、3号車は、写っていませんよ。それでもいいんですか?」

「かまいません。とにかく見せてください」

と、十津川はいった。

宇垣が出してきたのは、一冊のアルバムで、その表紙に「ヨーロッパ旅行」と書いてあった。

「イタリア旅行の写真も貼ってあります。本当は、パリからスペインへ行くはずだったんですが、それが、あの事件でパアになってしまいました」

と、宇垣は口惜しそうにいった。

なるほど、イタリア旅行の写真が多く、次にグルノーブルのものがあり、そのあとにTGVの写真になった。

グルノーブルに停車中の写真。車体の前に、宇垣と島崎やよいが立っている。お互いに撮り合ったのだろう。

続いて、車内の写真。座席に座って、やよいがVサインをしているのは、先頭の8号車あたりか。

バーの写真がやたらに多かった。コーヒーを飲んでいるやよい。ウェイトレスに話しかけている宇垣。これは、やよいが撮ったのだろう。

バーでビールやコーヒーを飲んでいる乗客も、何人か写っていた。ニューヨーク市警のバード刑事も写っている。同僚と笑いながら話をしているところをみると、まだコルトスペシャルを盗まれたことに気付かずにいるときか、盗まれる前だろう。

「参考にはならないでしょう？」

と、宇垣がきいた。

「とにかく、このアルバムをお借りしたいんですが、かまいませんか？」

「いいですよ。ただ、思い出ですから、失《な》くさないようにお願いします」

と、宇垣はいった。

「君と島崎やよいさんとは、どういう関係なのかね？」

と、亀井がきいた。

一緒に二人だけで、ヨーロッパ旅行をするかと思うと、宇垣が、島崎君などと、妙によそよそしく呼んだりしたので、亀井は、不思議だったのだ。

「友だちですよ」

と、宇垣は微笑した。

「しかし、二人だけで、外国旅行をするんだから、相当親しいんじゃないのかね？」

亀井がいうと、宇垣は笑って、

「そんなことは、関係ありませんよ。お互いに、便利だから、一緒にヨーロッパへ行っただけです」

「便利？」

「ええ。彼女は、細かいことに気がついてくれるし、彼女にしてみれば、男の僕が一緒だと心強いでしょう。つまり利害が一致したから、一緒に旅行したんです」

「利害がね」

亀井は、肩をすくめて見せた。

「カメさん。もう失礼しよう」

と、十津川がいった。

3

それから三日して、十津川に電話が入った。

「若い女性からですよ」

と、西本刑事がひやかし気味にいったので、十津川は、苦笑しながら、受話器を取った。

「私、島崎やよいです」

と、若い女の声がいった。

「島崎？　ああＴＧＶで一緒だった人ですね」

「十津川警部さんに、お願いがあるんです。会っていただけませんか」

と、やよいはいった。

「大事な話ですか？」

と、きくと、やよいは、

「私にとっては、大事な話ですわ」

「じゃあ、会社の帰りに、こちらへいらっしゃい」

と、十津川はいった。

やよいは、午後六時過ぎに、桜田門へ訪ねてきた。

彼女がくるというので、亀井も残っていた。

十津川は、彼女を庁内の喫茶室に案内した。コーヒーを三人分、頼んでから、

「話というのを、聞かせてくれませんか」

と、十津川はやよいにいった。

やよいは、運ばれてきたコーヒーには手をつけず、

「彼を探してください！」

と、突然、大きな声を出した。

十津川は、びっくりして、

「彼って、誰のことですか？」

「宇垣さんですわ」

「彼は、今、東南アジアに行っているはずでしょう？」

「昨日、出発したはずですわ」

「それなら、われわれに探してくれというのは、おかしいんじゃありませんか？」

と、亀井がきいた。

「彼は、東南アジアに行ってないんです」

「どうして、行ってないとわかるんです？」

と、十津川がきいた。

「昨日の午後に、マニラへ着くことになっていました。着いたら、電話をくれるはずだった。その電話がないんです。今日もですわ」

「必ず、電話すると、彼がいっていたんですか？」

「いいえ。でも、いつも旅行に出ると、必ずホテルから電話してくるんです」

「しかし、彼とは単なる友だちなんでしょう？　宇垣さんは、そういっていましたよ」

と、十津川がいうと、やよいは、首を横に振って、

「彼は、照れ臭いんで、よくそんないい方をするんですわ」

「じゃあ、恋人ですか？」

「ええ。私は、そう思っています。彼もです」

やよいは、はっきりといった。

十津川は、わからなくなった。

二人のどちらのいうのが、本当なのだろうか。やよいが本当のことをいっているようにも思えるが、警察に探してもらいたいので、恋人といっているのかもしれないのだ。

「しかし、宇垣さんが、東南アジアに行ってないとすると、どこへ行ったと思うんですか？」

亀井がきいた。

「わかりません。だから、探してほしいんです」

と、やよいはいった。

「おかしいじゃありませんか。本当は、あなたと宇垣さんは、恋人同士なんでしょう？もし、何か事情があって、東南アジアへ行く予定を変えたのなら、真っ先に、あなたに連絡してくるんじゃありませんか」

「それがないから、余計、心配なんです」

と、やよいはいった。

「一応、調べてみましょう」

と、十津川は約束した。

4

宇垣は、会社には、十一月三日から八日まで、休みを取るという届を出していた。といっても、その間に祝日や土、日の休みが入るので、三日間の休暇届である。

三日の朝、スーツケースを持って、マンションを出るのを、管理人が見ていることもわかった。

間違いなく、宇垣は、十一月三日に旅行に出ているのだ。

次は、成田空港から、間違いなく、フィリピンに飛び立ったかということである。

入国管理事務所に問い合わせるのも大げさなので、航空会社に問い合わせることにした。

成田からマニラへは、マニラ行きのほかに、バンコク行き、シンガポール行きでも可能である。

このうち、午前中に成田を出発する便について、調べることにした。

航空会社は、日航、フィリピン・エアラインが、これに該当していた。

十津川は、この航空会社に、十一月三日の乗客名簿を調べてもらった。

その結果、フィリピン・エアラインの431便に、宇垣亘の名前があるという返事だった。成田発一〇時一五分で、マニラ着は一三時三〇分である。

十津川は、拍子抜けしてしまった。

「宇垣は、ちゃんとフィリピンに行ってるよ」

と、十津川は笑いながら、亀井にいった。

「やっぱり、そうですか」

「一緒に心配して、損したね」

と、十津川がいっているところへ、島崎やよいから電話が入った。

十津川が出ると、やよいは、いきなり、

「すいません。彼は、ちゃんと旅行に行ってました」

「そうでしょう。われわれが調べたら、三日のフィリピン・エアライン431便に、乗っていましたよ」

「調べてくださったんですか。申しわけありません」

「あなたは、どうしてわかったんですか？」

と、十津川はきいてみた。

「今朝、電話があったんです。三日と四日、マニラにいたんですけど、ホテルの電話が故障して、連絡がとれなかったといっていましたわ」

「今日は、どこからかけてきたんですか？」

「バンコクからですわ。本当にすいませんでした」

と、やよいは、もう一度、詫びをいって、電話を切った。

「島崎やよいのところに、連絡してきたらしい。バンコクからだ」

と、十津川は、亀井にいった。

「まったく人騒がせでしたね」

亀井は、笑った。が、十津川を見て、

「どうされたんですか？」

と、きいた。

「いや、なんでもないんだが――」

十津川は、のろのろと受話器を置いた。

「なにか、変だという顔になっていますよ」

と、亀井がきいた。

「そうかね」

「いってください」

「いやね。やっぱり、宇垣は、旅行に出かけてたんだとわかって、拍子抜けしたんだが、そこへ、島崎やよいが電話してきた。お騒がせしましたといってね」

「それが、おかしいんですか？」

「いや、別におかしくはないさ」

「しかし、警部は、なにか割り切れなかったんじゃありませんか？」

と、亀井がきいた。

「ああ。謝るくらいなら、なぜ頼んできたんだと、ふと意地悪く考えてしまってね」

と、十津川はいった。

「よほど、心配だったんですよ」

「それはわかるが、普通、連絡がないからといって、すぐ、警察に探してくれといってくるものかね？」

「なるほど。ただ、たまたま、われわれのことを知っていたので、頼んだんじゃありませんか？」

と、亀井はいった。

「たしかに、そうかもしれないが、あの娘はバカに見えるかね？」

「いいえ。なかなか頭のいい娘に見えましたよ」

「そうだろう。私にもそう見えたよ。それなのに、なぜ、航空会社に問い合わせなかったんだろう？　別にわれわれに頼まなくても、それで、宇垣が本当に旅行に行ったかどうか、わかったはずだよ」

「航空会社では、なかなか教えないのかもしれません。われわれは、警察ですから、すぐ教えてくれましたが」

と、亀井がいった。

「かもしれない。しかし、われわれに頼みにきたとき、彼女は、その話を一度もしなかったじゃないか。問い合わせたが、教えてくれなかったということをだよ」

「たしかに、そうでしたね」

「つまり、航空会社には、問い合わせてなかったんだ。どうも、その点が、私には引っかかっているんだよ」

と、十津川はいった。

亀井は、「そうですねえ」と肯いたが、

「きっと、彼女は、やたらと心配になって、どうしていいかわからなくなり、一直線に、警察に頼んでみたらと、思ってしまったのかもわかりません」

と、いった。

「そうかもしれない」

と、十津川もいった。が、納得した顔にはならなかった。

小さな疑問だが、妙に引っかかる疑問でもあったからである。

多分、この気になるというのは、宇垣と島崎やよいが、フランスでの事件の関係者だということが、大きな要素になっているだろう。それに、もちろん、十津川がその事件を担当している刑事だということもである。

（刑事の癖かな）

とも思う。普通の人間なら、疑問に思わないことまで、疑ってしまうときがある。それは、いいことでもあるし、悪いことでもあると、十津川は思っていた。

「こだわって、いらっしゃいますね」

と、亀井が見すかしたようにいった。

十津川は、苦笑した。

（カメさんには、かなわないな）

と、思いながら、

「いったん引っかかってしまうと、どうも頭から離れなくてね」

と、いった。

「どうします？　本当に今、宇垣がバンコクにいるかどうか、調べますか？」

と、亀井がきいた。

「調べるといってもねえ」

「十一月三日に、宇垣は、間違いなく、マニラ行きのフィリピン・エアラインに乗ったわけです」

と、亀井は確認するようにいった。

「そうだ」

「とすると、予定どおり、旅行しているんじゃありませんか？　別に、すぐ引き返さなければならない理由は、ないでしょうしね」

「島崎やよいは、マニラのホテルの電話が故障したので、宇垣は連絡してこなかったらしいといっていたんだがね」

「信じられませんか？」

「正直にいうとね」

「しかし、警部。宇垣は、まだ二十八歳で独身です。給料だって多くないと思いますから、マニラでも、大きなホテルには泊まりませんよ。小さな、安いホテルに泊まったんじゃないかと思います」

「だから、電話の故障があっても、おかしくはないか？」

「ええ」

「だとすると、宇垣にも、島崎やよいが心配していることが、わかっていたはずだ」

「そうです。だから、バンコクでは、電話してきたんでしょう」

「なぜ、空港から電話しなかったのかな？」

「マニラ空港からですか？」

と、亀井がきく。

「そうだよ。バンコクに出発するときにさ。まさか、空港の電話まで、故障していたとは、思えないんだ。私なら、なるべく早く、連絡を取ろうと思うがねえ」

と、十津川はいった。

「たしかに、そうだとは思いますが」

「重箱の隅を突つくようなものだと、思うかね？」

「空港の待ち時間が、ほとんどなかったということも、考えられます」

「私も、いろいろと、自分で答えを出してみたよ。だが、それでもまだ引っかかるんだねえ。なんといっても宇垣は、フランスの事件の関係者の一人だからな」

と、十津川はいった。

「八日になれば、宇垣は、帰ってくるんでしょう？　そうすれば、なにもかもわかると思いますが」

と、若い西本刑事がいった。

「あと三日か」

「別に、どうということでもないのかもしれませんよ。電話の故障は、嘘だと思います」

　と、西本はいう。

「嘘というのは、誰が、嘘をついていると思うんだ？」

　十津川は、西本にきいた。

「宇垣ですよ。つい、うっかり、彼女に電話するのを忘れてしまったんだと思いますね。男って、よくありますよ。忘れたといえないんで、ホテルの電話が故障したって、いったんじゃありませんか。東京にいる彼女が、ホテルに調べにいかれませんからね」

「君もか？」

　と、亀井が笑いながらきいた。

「ええ。なにかに夢中になっていると、つい、彼女との約束の電話を忘れてしまうんです。正直に、忘れたっていうと、愛情がなくなったといわれるんで、適当に嘘をつきますね」

　と、西本はいった。

　そんなことがあるかもしれないと、十津川も思った。

（やはり、考え過ぎかな？）

　と、十津川は考えた。

　しかし、それでもなお、十津川の引っかかりは、消えてくれないのである。

5

パリ警視庁のピエールとニューヨーク市警のバードから、相ついで国際電話が入った。

ピエールのほうの電話は、その後、これといった進展がないというものだったが、バードからのものは、興味ある内容だった。

「おれは、ニューヨークに帰ってからも、ずっと考え続けていたんだ。どこの誰が、おれの拳銃を盗みやがったかと思ってね」

と、バードは相変わらず大声でいった。

「それで、思い出しましたか？」

「はっきりはしないんだが、どうも、犯人は、女じゃないかと思うんだ」

と、バードはいった。

「女――ですか？」

「ああ。あの列車の中で、おれは、大会が終わったんで、気が楽になって、グルノーブルを出たとたんにバーに直行して、飲み出した。多分、そのあとで盗まれたんだ。酔っ払っている間のことなんだが、そのとき、甘い香りを嗅いだような気がするのさ。香水だな。つまり、傍に女がいたんだよ」

「その女が、あなたのコルトスペシャルを盗んだと？」

「ああ、ほかには、思い出せないんだよ」

「パリ警視庁のピエール警部にも、今のことを話されましたか？」

「ああ、少し前に電話したよ」

「彼は、なんといっていました？」

「あのTGVの乗客名簿は、作ってあるから、その中の女性だけをピック・アップして、もう一度、調べ直すといっていたよ」

「こちらも、同じことをやってみましょう。といっても、女性は二人だけですが」

と、十津川はいった。

電話を切って、十津川が、バードの話を亀井に伝えると、

「女ですか？」

と、首をかしげた。

「彼は、そういっているんだ」

「女だから、油断して、拳銃を盗まれたということですかね」

「というより、彼は、大変なドリンカーみたいだから、すっかり酔っ払ってしまって、その間に盗まれたんだと思うね」

と、十津川はいった。

「しかし、香水の匂いがしていたのは、覚えていたわけですね？」

「そういっている」

「日本人の中に、犯人がいるとすると、島崎やよい一人ですね」

「そうだ」

「彼女が拳銃を盗んだとすると、筋は通りますね。それで射っておいて、２号車の網棚に拳銃を捨て、１号車のほうに逃げたということで、現場の状況に一致します」

と、亀井はいった。

「もし、彼女が犯人とすると、動機は、なんだろう？　それに、連れで、恋人の宇垣は、共犯だったのか？　それと、一番の問題は、彼女の手に硝煙反応がなかったことだよ。パリ警視庁で調べたが、検出されなかったといっているんだ」

「射ったあと、必死で手を洗ったんじゃありませんか」

と、亀井がいった。

「車内の洗面所でだろう。それぐらいで、完全に硝煙反応が消えるとも、思えないがね」

と、十津川はいった。

「問題は、動機ですね」

と、いったのは、若い西本刑事だった。

「彼女と大越夫妻と、どこかに接点があるだろうか？」

「それを、探してみますよ」

と、西本はいった。

聞き込みが、開始された。

島崎やよいの経歴が、まず調べられ、その経歴に沿って、捜査が進められた。

学校時代、そしてＯＬになってからと、分けての捜査である。

だが、いくら調べても、大越夫妻との接点が見つからないのだ。

彼女の卒業した大学も、大越のとは違うし、彼女の働いている会社も、大越コンツェルンとは無関係だった。

「まいりましたよ。島崎やよいが、大越夫妻を恨んでいるという証拠が見つからないどころか、接点さえ見つかりません」

と、西本は十津川に報告した。

「宇垣のほうかもしれないね」

と、十津川はいった。

「と、いいますと？」

「つまり、宇垣が、大越夫妻に恨みを持っていて、恋人の島崎やよいに拳銃を盗ませた。そして、ＴＧＶの車内で、大越を射った。が、弾丸は外れて、秘書の松野ユキを殺してしまった。そういうことかもしれないと、思ったんだよ」

「その可能性は、ありますね」

と、西本はいい、

「調べましょう」

と、日下《くさか》がいった。

だが、十津川は、あまり期待しなかった。

宇垣も、パリ警視庁で、両手の硝煙反応を調べられているのだが、こちらも検出されなかったということだったからである。

しかし、意外にも、西本が聞き込みから戻ってきて、

「宇垣と大越の接点らしきものが、見つかりました」

と、報告したのだ。

「本当かね？」

「どんな接点なんだ？」

と、十津川と亀井がこもごもきいた。

「宇垣は旅行好きで、旅行研究会に入っています。この旅行研究会は、ある旅行雑誌の投稿者仲間でつくられているんですが、人数は、現在五十名くらいです」

「その旅行研究会と大越と、どんな関係があるのかね？　大越も入っているのか？」

と、十津川がきいた。

「入っているというより、名誉会長です」

「ほう。しかし、なぜ？」

「この旅行研究会に、大越と同じ大学のＯＢがいましてね、資金が足りなくなったとき、援助を頼みに行ったんです。そのとき、大越が百万円寄附したので、名誉会長になったというわけです」

と、日下はいう。

「その大越と宇垣は、会って話をしたことがあるんだろうか？」

「宇垣は、この会の幹事をやっています。幹事は三人で、大越が百万円の寄附をしてくれたとき、お礼に会いに行っているんです」

と、日下はいった。

「なるほど、会ってはいるわけだな」

亀井が、肯いた。

「しかし、それでは、宇垣が、大越夫妻を恨むことはなくなってしまうね。大事な、旅行研究会のスポンサーなら、むしろ感謝する相手になってしまう」

と、十津川はいった。

「そこが、わからないのですが、とにかく、二人がまったく知らない仲ではなかったことが、わかったわけです。なにかの理由で、感謝の気持ちが、逆に憎しみに変わったのかもしれません」

と、日下はいった。

「君と西本君とで、旅行研究会側を調べてみてくれないか。私とカメさんで、大越側を調べてみる」

と、十津川はいった。

十津川は、亀井と大越邸を訪ねた。

彼と会うのは、パリ以来、初めてである。

三浦秘書が、二人を中庭の見える奥の応接室に案内した。

大越は、和服姿で現われた。

彼は、笑顔で、十津川たちに向かって、

「フランスでは、いろいろとお世話をかけました」

と、いった。

「その後、脅迫状はきませんか？」

と、十津川はきいた。

「今のところ、きていないようです。向こうで、あんな事件があったので、犯人も手控えているのだと思いますが」

大越は、眉を寄せていった。

「大越さんは、旅行研究会の名誉会長になっておられますね？」

「旅行研究会？　どんな団体ですか？」

と、大越は逆に質問してきた。

十津川は、苦笑しながら、

「旅行好きの人間が作っているクラブで、その中に、大越さんと同じ大学を出た人間がいましてね。スポンサーになってくれと頼み、百万円、寄附してもらい、名誉会長にしたというやつです」

と、いった。

大越は、「ああ」と大きく肯いた。

「そういうことは、あると思いますよ。なにしろ、数え切れないほど、名誉会長になっていますから」

「そんなにですか」

「三浦君」

と、大越は秘書を呼んで、

「私は、今、いくつぐらいの団体の名誉会長になっているのかね？」

「六十三の団体です」

と、三浦は手帳を見ていった。

「ごらんのとおりです。寄附の要請は、毎日きますから、自然と増えてしまうんですよ。三浦君、今日も、寄附の頼みはきているんだろう？」

「三件きています。S大のラグビー部がオーストラリアに遠征するので、OBの社長に、応分の援助をお願いしたいという件。次は、K神社からの寄附の頼み、三つめは、地球を守る会というのが、寄附を頼んでいます」

「地球を守る会？　どんな会なんだ？」

と、大越はきく。

「われらの地球を汚染から守るために、各国政府に働きかけるのが目的だそうです。政財界の要人が理事になっていると、書いてあります」

「それが、本当かどうか調べてくれ。もし本当だったら、百万円寄附しておいてほしい。S大のラグビー部には、二百万。K神社は、五十万でいい」

大越は、てきぱき指示をしたあと、十津川に向き直って、

「こんな具合でしてね。また、名誉会長が増えますよ」

と、笑った。

「すると、旅行研究会については、覚えておられませんか？」

「申しわけないが、覚えていません。しかし、大学の後輩が援助を頼みに来ているのな

ら、応じたと思いますね」

「TGVで事件があったとき、日本人の若い男女の旅行者が、同じ列車に乗っていて、向こうの警察に調べられたのを、ご存じだと思いますが」

「ええ。覚えていますよ。しかし、その二人の名前までは、覚えていませんね。巻き添えになって、気の毒だとは思っていますが」

「このカップルの男のほうが、宇垣という名前でして、彼が、今、お話しした旅行研究会に入っていたんですよ」

と、十津川はいった。

「そうですか」

と、大越はあまり感動のない声でいった。

「あなたが、百万円寄附されたとき、宇垣は、会の幹事の一人として、お礼をいいにここへ来ているんです。つまり、TGVの事件の前に、一度、あなたと会っているんですよ」

「そうですか」

また、感動のない声を、大越は出した。

「礼をいいに来たときの宇垣を、覚えていませんか？」

と、十津川がきくと、大越は、当惑した顔になって、

「私は、毎日、誰かに会っていますからねえ。よほど、特徴のある人でないと、覚えていないのですよ。さもなければ、よほどの有名人でないとね。その宇野さんですが――」

「いや、宇垣です。宇垣亘です。サラリーマンです」

「その青年が、どうかしたんですか？」

「ひょっとして、TGV事件の犯人ではないかと、思いましてね」

と、十津川がいうと、大越は、首をかしげて、

「私は、その旅行研究会に百万円寄附して、名誉会長になっているわけでしょう？」

「そうです」

「百万円は、自慢できるような大金じゃないかもしれないが、一応、感謝はされていると思うのです。その会員が、なぜ、私や家内を狙うんですか？　少し、変じゃありませんか？」

「変は、変ですが――」

「それは、間違いですよ」

と、大越はいった。

「こういうことは、考えられませんか」

と、亀井が口を挟んで、

「宇垣が、金に困っていたとします。旅行研究会に、百万円ぽんと寄附してくれたんだから、何百万か、簡単に貸してくれると思って、借金を頼んだ。ところが、けんもほろろに断わられた。それで、かっとなった。つまり、可愛さ余って、憎さが百倍というわけです。それまでの尊敬が、激しい憎悪に変わってしまった」

「ちょっと待ってください。勝手に考えられては困りますよ」

と、大越が口を挟んだ。

「宇垣が借金を頼みにきたことは、ありませんでしたか？」

「私が知っている限り、ありませんよ。第一、私は、借金を断わるときにも、含みを持たせて断わりますから、憎まれることはないはずです」

「それなら、直接、あなたに頼んだのではなく、秘書の方に頼んだのかもしれません」

と、十津川はいった。

「君は、覚えているかね？」

大越が、三浦を見た。

「覚えがありませんが――」

と、三浦がいう。

「ほかにも、秘書の方がいますか？」

「死んだ松野君がいたし、他に三人ほどいますがね」

「では、その方たちに申し込んだのか、あるいは、手紙で頼んだのかもしれません。手紙の可能性が高いですね。大越社長宛の手紙でも、秘書の方が読んで、そこで処理してしまうことも、あるわけでしょう？」

と、十津川がきくと、三浦が、

「むしろ、そのほうが多いと思います。すべて、社長のところまで持っていったら、厖《ぼう》大《だい》な手紙の数で、社長は、一日じゅう、手紙を読んでいなければならなくなりますから」

「それなら、手紙で、借金を頼んだという可能性が強いですねえ。ところが、途中で処理され、返事も出されなかった。期待が大きかっただけに、宇垣は、腹を立てた。自分が無視されたことにです」

「しかし、私の知らないことですよ」

「そうです。あなたは、何も知らなかったが、憎まれていたことになります」

「とにかく、調べさせましょう。そんなことで、命まで狙われては、たまりませんからな」

と、大越はいった。

十津川と亀井は、大越と別れると、問題の宇垣に電話してみることにした。

予定どおりなら、昨日じゅうに、帰国しているはずだったからである。

三回ほど、電話してみたが、応答はなかった。

（まだ、帰っていないのだろうか？）

予定は、しばしば狂うものだが、なんといっても、宇垣はサラリーマンである。勤めがあるから、きちんと、予定どおり帰ろうとするのではないのか。

警視庁に戻ってから、もう一度、電話してみたが、結果は同じだった。誰も、出る気配がない。

十津川は、島崎やよいにかけてみた。が、こちらは、すぐ彼女が電話口に出た。

「宇垣さんは、昨日、帰国する予定だったんじゃありませんか？ まだ、帰っていませんが」

と、十津川はいった。

「二日、帰国を延ばすと、いってきています」

と、やよいはいった。

「それは、いつ、いってきたんですか？」

「昨日の朝ですわ。どうしても、もう一日、タイにいたくなったので、帰国を二日延ばすといってきたんです」

「なぜ、二日延ばすのか、理由をいっていましたか？」

「どうしても、見たいところがあるので、もう二日、滞在するといったんですよ。彼は、なにかと熱中するほうですから、旅行を延ばすことって、よくあるんです」

と、やよいはいった。

「すると、いつ帰ってくるんですか？」

「明日の午前中には帰ってくると、いっていましたわ」

と、やよいはいった。

「バンコクから電話してきたんですね？」

十津川は、念を押した。

「ええ」

「ホテルの名前は、なんというんですか？」

と、十津川がきくと、やよいは、

「すぐ、出発して、チェンマイへ行くといったので、ホテルの名前は、聞きませんでした。当たり前でしょう？　すぐいなくなるホテルの名前を聞いても、連絡はできないんですから」

と、怒ったような声でいった。

あまり、十津川がしつこく聞くので、腹を立てたのかもしれなかった。

「わかりますよ」

と、十津川は逆《さか》らわずに肯いてから、

「宇垣さんが、旅行研究会に入っていることは、知っていますか？」

「ええ。知っていますけど、私は、入っていないんです。それが、どうかしたんですか？」

「その旅行研究会の名誉会長が、大越社長なんですよ」

「それ、本当なんですか？」

「ええ。百万円寄附してもらったので、名誉会長に祭りあげたということらしいんですよ。もっとも、大越社長は、名誉会長になっていることも知らないと、いっていましたがね」

と、十津川がいうと、やよいは、

「なにをおっしゃりたいのか、よくわからないんですけど」

「つまり、宇垣さんは、前から大越社長を知っていたことになるんですよ」

「まるで、彼が犯人みたいないい方をなさるけど、彼は、絶対に犯人なんかじゃありませんわ。だって、彼は、TGVの車内で、ずっと一緒にいたんです。彼は、ピストルなんか射ってませんわ」

やよいは、きっぱりといった。

「そうですか。宇垣さんが帰国したら、その点を聞いてみたいと、思っているんですがね」

とだけ、十津川はいった。

しかし、翌日になっても、宇垣は、タイから帰国しなかった。

第四章　寂《さみ》しい死

1

島崎やよいの話では、午前中に帰ってくるはずだった。しかし、夕方になっても、宇垣は、マンションに戻らなかった。

最終の便が、成田に着いたあとも同じだった。

宇垣は、帰らなかった。

十津川は、もう一度、島崎やよいに電話をしてみた。

今度は、こちらも応答がない。

十津川は、少しずつ、不安が大きくなっていくのを感じた。

なにか、大きなミスをしてしまったのではないかという不安だった。

(宇垣が犯人で、高飛びしたのではないのか？)

そんなことを、考えてしまうのだ。

亀井の推理が、当たっているのではないだろうか。宇垣が、名誉会長の大越に借金をしようとして断わられ、それを根にもって、狙ったという推理である。

宇垣とやよいが、どこへ行ってしまったのか、それを知りたいと思った。

だが、今の段階では、宇垣とやよいのマンションを調べるわけにはいかないのである。

それでも、十津川は、翌日から、若い西本と日下の二人の刑事に、聞き込みにいかせた。少しでも、宇垣とやよいの消息をつかみたかったからである。

宇垣のほうは、東南アジアの旅行から帰っていないのだから、聞き込みも難しいが、島崎やよいのほうは、なにかわかるかもしれないと思った。

不安な時間が、経過していく。

西本と日下も、なかなか連絡してこなかった。なにも、わからないのだろうか？

四時間以上たって、西本と日下が帰ってきた。

「宇垣については、旅行に出たまま、帰ってこないということしかわかりません」

と、西本がいった。

「彼のことは、そんなことだろうと思っていたよ。問題は、島崎やよいのほうだ。なにかわかったかね？」

「マンションの管理人に会って、聞きましたが、彼女がいなくなったことにも、気付いていません。われわれにいわれて、初めて、島崎さんがいなくなったんですかと、驚いている始末です。隣室のＯＬも、まったく気付かなかったといっています」

「二、三日、姿を見なくても、平気なんです。今の時代はね」

と、亀井が憮然《ぶぜん》とした顔でいった。

「それで、なにも収穫は、ありませんでした。彼女が部屋にいないことだけは、確かなんですが、行き先は、わかりません。新聞やダイレクトメールなどが、郵便受けに入っていました」

「何日分だ？」

「二日分です」

「十一月十日の新聞からだな？」

「そうです」

「会社には、休暇届を出しているのかね？」

「いえ。無断欠勤です」

と、西本はいい、日下がそれに続けて、

「私は、会社の上司や同僚に会って、話を聞いたんですが、どちらも、なぜ無断で休み、連絡してこないのか、わからないといっていました。なかには、なにか事件に巻き込まれたのではないかと、心配している同僚もいました」

「彼女は、よく無断欠勤するような女性なのかね？」

「いや、それはなかったみたいです。少しばかり暗いところがあるが、仕事はまじめだということです」

「まったく心当たりなしか？」

「そうです」

「まいったな」

と、十津川は呟《つぶや》いた。

次の日も、二人の消息はつかめなかった。

その代わりに、大越の秘書三浦が、警視庁を訪ねてきた。

「あれから、十津川さんのいわれたことを、こちらとしても調べてみました。旅行研究会の幹事だった宇垣のことです」

と、三浦はいった。

「それで、なにが、わかりました？」

十津川は、期待を持ってきいた。

「十津川さんが、いわれたでしょう？　うちの大越社長との接点のことです。それで、社長宛に来た手紙を、全部、調べ直してみました。宇垣からの手紙が、きていなかったかをです」

「それで、ありましたか？」

「見つけましたよ」

と、三浦はニッコリ笑い、一つの封書を十津川の前に置いた。

少し汚れた白い封筒の表には、

〈大越コンツェルン本社　大越社長様〉

と、ボールペンで書かれ、裏には、

〈旅行研究会　宇垣亘〉

の署名があった。

消印は、去年の十二月五日になっている。

中身は、市販の便箋二枚で、それには、同じ色のボールペンのインクで、次のように書かれていた。


〈寒さも厳しくなった折から、いかが、お過ごしですか。

私のことは、もうお忘れになったかもしれませんが、大越様に、名誉会長になっていただいた旅行研究会で、幹事をしており、百万円を寄附していただいたとき、お礼に参上した五人の一人であります。あのときは、わざわざ会っていただいたばかりでなく、夕食をご馳走になって、ありがとうございました。

その優しいお心に甘えるようで、誠に心苦しいのですが、私は、今、いろいろな理由で金に困っております。

私には、二年越しでつき合っている女性がおり、そろそろ、結婚をしなければと、思っているのですが、ほとんど、貯金がありません。もともと、自分の旅行好きが、いけないのですが、借金さえある始末です。できれば、一千万円というまとまった金が欲しいのです。これだけあれば、彼女と結婚もできます。なんとか、一千万円、貸していただけないでしょうか？　必ずお返しいたしますので、お願いいたします。私を助けると思って、ぜひ貸してください。

ご返事をお待ちしております。

十二月四日　　宇垣亘

大越社長様〉

「それで、この手紙に対して、返事を出されたんですか？」

と、十津川はきいた。

「社長宛に来る手紙は、この前も申しあげたように、秘書が分担して、眼を通していま す。その手紙を見たのは、加藤秘書なんですが、あまりにも虫のいい申し出だということで、無視してしまったということでした」

と、三浦はいった。

「大越社長にも見せずですか？」

「そうです」

「そういうことは、多いんですか？」

と、亀井がきくと、三浦は、持参した鞄の中から無造作に、十二、三通の手紙を取り出した。

「これは、ここ一週間に、社長宛に来た手紙のうち、寄附とか、借金の申し込みのものだけを持ってきたのです。ごらんになれば、わかりますが、とにかく、金を貸せとか、寄附をしろという手紙が多いのです。社長と同郷の人間だからというだけで、一千万、二千万円を貸してくれというのまであるのですよ。それにいちいち応じていたら、先日もいいましたように、大越コンツェルンが破産してしまいます」

と、三浦は苦笑して見せた。

十津川は、試しに、その中の一通に眼を通してみたが、内容はおそろしく虫のいいものだった。

〈ますます、企業収益をあげられていることを、お祝い申しあげます。

さて、私は、株取引に失敗し、二億円近い、損をしてしまいました。全部とはいいませんが、半分の一億円を、至急、貸していただけませんか。急いでおりますので、一週間以内にご返事をいただきたいと思います〉

「もちろん、それにも、返事は出していませんよ」

と、三浦はいった。

「全部、お借りしてかまいませんか」

と、十津川はいった。

2

宇垣の手紙を得て、十津川たちには、すべきことがいくつか生まれた。

一つは、この手紙が、本当に、宇垣によって書かれたものかどうかの確認だった。

そのために、まず、宇垣の書いた手紙類を集め、筆跡を比べることを始めた。

筆跡鑑定するまでもなく、十津川たちの眼にも、同一人のものとわかった。

次は、パリにまで送りつけられた、大越夫妻への脅迫状との筆跡を比べることだった。

こちらは、一見して、別人の筆跡なのだが、よく見ると、「正義仮面」とサインした脅迫状の文字は、いかにも、作ったように見えるのだ。

筆跡を隠そうとして、無理に下手に書いているとしか思えない。こちらは、二つを筆跡鑑定してもらうことにした。

この間も、十津川は、宇垣と島崎やよいの行方を追っていたのだが、いぜんとして、つかめなかった。

筆跡鑑定の結果は、十津川の予期したとおりだった。

一千万円の借用の手紙も、正義仮面の脅迫状も、同一人の書いたものという結果が報告されてきて、十津川たちを喜ばせた。

さらに、十津川が重視したのは、大越夫妻に対する脅迫が始まった時期である。

三浦が、「正義仮面」の署名で届いたすべての脅迫状を持ってきてくれた。

全部で四通だが、パリにきたものは、すでに十津川が預かっていたから、残りの三通である。

今年の一月十日
四月七日
六月二十五日
の三通である。

それを、十津川たちが、一通ずつ眼を通していった。

＜大越専一郎よ。

慈善事業に力を尽くす事業家を売り物にしているが、本当の汝《なんじ》の姿は、金儲けに汲々《きゅうきゅう》としている冷酷な男だ。

汝のために、何人の人間が泣いているか、いつか、その仮面を剝《は》いでやる。

覚悟しておくがいい。

正義仮面＞

＜大越専一郎よ。

東北地方に、巨大な広さの土地を、取得していたことが、新聞に出ていた。公共のために使いたいといっているが、誰がそんな言葉を信じられるか。

おそらく、そこに、政治力を使って、公共機関を誘致し、巨額の利益をあげる気なのだ。それが、汝のいう公共のためということなのは、眼に見えている。高い土地のために、苦しんでいる人間がいるというのにだ。

恥を知れ。

この報《むく》いは、必ずあるぞ。

正義仮面＞

〈大越専一郎よ。

二度にわたって、忠告したにもかかわらず、汝はその行ないを改めようとせぬ。

三度、汝に忠告する。

金儲けは止め、ただちに、儲けた金を人々に分配せよ。

さもなければ、汝を待っているのは、死だけである。それを銘記せよ。

正義仮面〉

そして、四通目が、パリに届いた脅迫状である。

筆跡は、すべて同じだった。つまり作られてはいるが、宇垣のものだということである。

この手紙類をもとに、捜査会議が開かれた。

三上刑事部長が、まず口を開いて、

「結論は、はっきりしていると思う。脅迫状の主は、明らかに宇垣亘だ。筆跡鑑定で証明されている。宇垣が、なぜ、大越夫妻、というか、大越専一郎を脅迫したかも、去年の十二月の手紙で明らかだ。大越が、百万円を、ポンと、自分たちの旅行研究会に寄附してくれたので、頼めば、一千万円くらい貸してくれるだろうと思って、手紙を書いた。

ところが、返事さえくれない。それで、好意が憎しみに変わった。よくあるケースだよ」

と、いった。

「しかし、四通の脅迫状には、私憤はなく、公憤が書かれていますが」

と、若い西本刑事が疑問をいった。

三上は、笑って、

「そこが、面白いところだよ。脅迫状に、一千万円貸してくれなかったから、お前を殺すと書いたら、すぐ犯人はわかってしまうから、それはできないじゃないか。もう一つは、私憤を公憤にすりかえるのは、若者がよくやる手だよ。自分を正義の騎士に見せたがるんだ」

「逮捕状を、取りますか？」

と、十津川がきいた。

「TGV車内での殺人と、パリ市内で白井刑事が殺された件について、それを宇垣の犯行と証明できるかね？」

と、三上は逆にきいた。

「残念ながら、どちらも、今のところ、証明はできません」

と、十津川はいった。

「それでは、取りあえず、大越夫妻に対する脅迫で、逮捕状をもらうことにしよう」

と、三上はいった。

3

裁判所から、脅迫についての逮捕状が出たのは、翌日である。

だが、逮捕すべき宇垣も、その恋人の島崎やよいも、いぜんとして行方不明だった。

「どうしますか?」

と、逮捕状を前において、亀井がきいた。

「どうするって、とにかく二人を見つけるんだ」

と、十津川はいった。

「どうやってです?」

「宇垣が、マニラ—バンコク—チェンマイ。そして、その先、どこへ行ったか、追跡できればいいんだが」

と、十津川はいった。

「難しそうですね。フィリピンやタイの警察に頼んでも、果たして見つかるかどうか」

「それでも、一応、協力要請をしておこう」

と、十津川はいった。

「パリ警視庁のピエール警部にも、連絡しますか？」

「それも、一応、手紙を書いて出しておく。フランス語に翻訳してね」

「時間が、かかりそうですね」

と、亀井は、いささか、うんざりしたという顔でいった。

国際刑事警察機構を通して、フィリピンとタイの警察に、宇垣亘の行方を探してもらうことにした。

ピエール警部への手紙は、十津川自身が書き、それを仏訳してもらって、送ることにした。

あとは、フィリピンとタイの警察からの回答を待つだけだった。が、これが時間のかかることは、覚悟しなければならないと思った。

パリ警視庁のピエール警部の返事のほうが、先に届いた。


〈敬愛するムッシュー・十津川。

お手紙拝見しました。ムッシュー・大越への脅迫者が、あの日本人の若者であるという話は、非常に興味あることです。というのは、あの若者、ムッシュー・宇垣とマドモアゼル・島崎については、当初より、容疑者の中に入れていたのですが、硝煙反応がなかったために、断定できなかったわけです。その点をいかにクリアするか、いぜんとして問題であります。もし、彼が逮捕され、自供したときは、なぜあのとき両手の掌から、硝煙反応が検出されなかったのか、その点の供述をぜひとっていただきたいと思います。

パリ警視庁　ピエール・ジレ〉

（硝煙反応の件があった）

と、十津川は改めて思い出し、自然に難しい顔になった。

宇垣と島崎やよいが共犯で、どちらがＴＧＶの中で狙撃したにしろ、掌に硝煙反応は残る。

それがなかったというのは、事実なのだ。もし、宇垣と島崎やよいを逮捕できても、その点をなんとかしないと、起訴できないかもしれない。

「手袋をして、射ったというのは、どうですか？　そのあと、その手袋を捨ててしまえば、硝煙反応は、出ないでしょう？」

と、いったのは西本だった。

亀井が、手を振って、

「それは、駄目だよ」

「なぜですか?」

「TGVは、窓が開かないから、外には、捨てられないんだ。それに、パリ警視庁だって、車内をくまなく調べているから、車内に捨ててあれば、発見しているさ」

「持ち物も、調べたんですか?」

「もちろんだよ」

と、亀井はいった。

「そうすると、間違いなく、硝煙反応は、なかったということなんですか?」

「そのとおりさ」

「じゃあ、狙撃犯人じゃなくなってしまうじゃありませんか」

と、西本はいった。

「だがねえ」

と、十津川は言葉を切って、少し考えていたが、

「容疑者は、全員、硝煙反応がなかったんだよ。もし、硝煙反応だけに絞ってしまうと、犯人はいなくなってしまうんだ」

と、いった。

「硝煙反応の出ない拳銃でも、使ったんでしょうか?」

「いや、そんな拳銃があるとは思えないし、現実に、ニューヨーク市警バード刑事のコ

ルトスペシャルで射たれているんだ」

「やはり、宇垣を捕まえて、自供させるより仕方がありませんか」

と、西本がいった。

4

マニラ警察からの回答があったのは、十一月二十八日になってである。

〈宇垣亘の件について、左記のとおり報告します。

十一月三日のフィリピン・エアライン431便にて、マニラ着。入国したことは、間違いありません。

当日、マニラ市内のホテルRにチェック・イン。

翌四日、同ホテルをチェック・アウトし、マニラ空港から、フィリピン・エアライン432便に搭乗して、日本に帰国。

十一月四日に、フィリピンを出国したことは、間違いありません。

なお、ホテルRでは、電話が故障したことはありません。念のため〉

これには、追伸があった。フランスで一緒だったマニラ警察のロドリゲス刑事からの手紙である。

〈ミスター大越狙撃の犯人について、いろいろとご苦労をされていることは、パリ警視庁のピエール警部から聞いています。お手伝いができないのが残念ですが、一刻も早い解決をお祈りしています。そして、もう一度、お会いできるのを、楽しみにしています。

T・ロドリゲス〉

十津川にとって意外だったのは、宇垣が、マニラに着いた翌日、日本に帰っているということだった。

（これは、いったい、なんなのだろうか？）

わけがわからないといっても、よかった。

「島崎やよいは、最初から嘘をついていたことになりますね」

と、亀井がいまいましげに舌打ちした。

「そうだよ。マニラのホテルの電話の故障も嘘なら、バンコクに行ったというのも、チェンマイへ行くので、二日、延ばしたというのも、すべて嘘だったんだ」

「やよいは、宇垣が、日本に帰っているのを知っていて、嘘をついていたんでしょうか？　あたかも、東南アジアの旅行を、彼が続けているみたいに」

「そうとしか、思えないね」

と、十津川はいった。

亀井は、首をかしげて、

「しかし、なんのために、そんな嘘をついたんでしょうか？」

「決まっているじゃないか。ＴＧＶ事件の犯人として、われわれが探していたからだよ」

と、十津川はいってから、急に眉をひそめて、

「彼女が、最初に、宇垣が行方不明になったから探してくれといってきたとき、まだ、われわれは、彼らをシロと思っていたんだっけね」

「そうですよ。次に、彼女が、マニラのホテルの電話が故障していたんだと、いったときも同じです」

と、亀井がいう。

「そうなんだ。われわれが、宇垣を疑い出したのは、そのあとだった」

「だから、彼女は、別に、その時点では、嘘をつく必要はなかったんです」

「また、わからなくなってきたね」

十津川は、うんざりした表情になった。

「とにかく、宇垣と島崎やよいを、見つけましょう。そうすれば、謎が解けると思います。幸い、宇垣は、日本に帰っているようですから、なんとか見つかるんじゃありませんか」

と、亀井は励ますようにいった。

二人の立ち廻りそうな場所には手配することにしたが、十津川は、あまり期待できないと思った。

十一月四日には、宇垣は、いったんマニラから帰国したとしても、その後、また出国したかもしれないからである。

多分、そのときに、島崎やよいも一緒だったのだろう。もし二人とも、海外へ逃げてしまっていたら、血眼《ちまなこ》になって、国内を探しても無駄骨なのだ。

「二人の顔写真を発表して、公開捜査に踏み切ったらどうでしょうか？」

と、若い刑事の中には、いう者もあった。

彼らは、仲間の白井刑事を殺したのも、宇垣かやよいと思い、仇を討ちたい気持ちになっているのだ。

「それは、できないよ。例の硝煙反応の矛盾もクリアできていないんだ」

と、十津川は冷静にいった。

二人の消息がつかめないままに、十一月も終わってしまった。

十二月に入っても、暖かい日が続いた。

東京に初雪が降ったのは、十二月十一日である。それもあっという間に溶けてしまって、あとかたもなくなるような、淡いものだったが――。

しかし、青森では、大雪だったらしく、新聞に、「今年になって、初めての大雪警報」の文字がのった。

その青森県警から、十津川に電話があったのは、翌十二日である。

「宇垣亘という男のことで、お知らせしたいことがありまして」

と、県警本部の田中という刑事がいった。

青森市内に、宇垣の親戚がいるので、手配を頼んでおいたのである。

「宇垣の足取りが、つかめましたか？」

と、十津川はきいた。

「実は、昨日の新雪で、八甲田《はっこうだ》で雪崩《なだれ》があって、遭難者が出ましてね。われわれもその救助に向かったんです。一行は、無事とわかりましたが、雪崩の下から死体が見つかったんです」

「その死体が、宇垣ですか？」

「顔は、手配されてきた写真によく似ています」

「すぐ、そちらへ行きます」

と、十津川は大声でいった。

十津川は、亀井と、羽田から飛行機で、青森に向かった。

青森空港には、電話の主の田中刑事が、車で迎えに来てくれていた。

「遺体は、県警本部に運んであります」

と、田中はいった。

「遺体は、腐敗していますか？」

と、車の中で十津川がきいた。

「それが、八甲田の山の中に、埋められていたとみえて、ほとんど腐敗していません」

「なぜ、それが、見つかったんでしょうか？」

「多分、樹の根元にでも、埋められていて、それが、雪崩にあって、樹が根こそぎ倒れたとき、遺体も、土中から雪の中に出たものと思います」

と、田中はいった。

県警本部に着くと、本部長への挨拶もそこそこに、問題の遺体を見せてもらった。

なるほど、ほとんど腐敗していなかった。

裸の死体の、ところどころに土がこびりついていた。田中刑事のいうとおり、八甲田の山中に埋められていたためだろう。

「ごらんのとおりの裸で、身元がわからなかったんですが、宇垣の写真によく似ているので、そちらへ電話したわけです」

と、田中はいった。

「間違いなく、宇垣です」

と、十津川はいった。

「解剖は、まだですか？」

と、亀井がきいた。

「これからやります。その前に、見ていただこうと思いましてね」

「感謝します」

と、十津川は礼をいった。

宇垣の死体が解剖に廻され、その結果が出るまで、十津川と亀井は、青森市内のホテルで待つことにした。

「殺したのは、島崎やよいでしょうか？」

と、亀井は、ホテルの窓から雪一色の市内を見ながら、十津川にきいた。

「わからないな、正直にいって。こんなことになるとは、思っていなかったんだよ。追いつめられての自殺は、あるかもしれないと、思っていたんだがね」

と、十津川はいった。

「しかし、裸で自殺する人間は、いませんから、間違いなく、殺されたんですよ」

「わかっている」

と、十津川は肯いた。

次の日、田中刑事がホテルまできて、解剖結果を教えてくれた。

「死因は、青酸中毒死でした」

「じゃあ、誰かに、青酸入りのなにかを飲まされるか、食べさせられたかしたということですね？」

と、十津川はきいた。

「そうだと思います」

「死んだ日時は、わかりましたか？」

「十一月十二日前後だろうということで、幅が広いのです。限定は、無理だということでした」

「十一月十二日前後なら、納得できます」

と、十津川はいった。

宇垣は、十一月四日に、マニラから、なぜか急に帰国した。

そのあと、殺され、八甲田山に埋められたに違いない。

（しかし、誰が、なんのために、殺したのだろうか？）

5

宇垣が殺されていたことで、いくつかの疑問が浮上してきた。

第一は、もちろん、犯人は、誰かということである。

第二は、なぜ、宇垣が、マニラに一日しか滞在せずに、日本へ帰ってきたかということになる。これでは、まるで、殺されるために、帰国したようなものだからだ。

第三は、宇垣が、本当に、TGV事件の犯人なのかということである。硝煙反応の件は、いまだに解決されていない。

第四は、いぜんとして行方がつかめない島崎やよいのことである。今のところ、彼女が、宇垣殺しの有力容疑者だが、宇垣がマニラへ行ったころの彼女の言動は、不可解なところが多すぎる。

この四つのほかにも、細かい疑問がいくつか浮かんでくるのだが、十津川は、まず、この四点から解決していくことにした。

もちろん、宇垣殺しは、あくまでも青森県警の所轄《しょかつ》だから、十津川たちは、協力という形になる。

宇垣亘の死体発見は、ニュースとして、新聞、TVに報道されたが、TGV事件のことも大越夫妻のことも、伏せられる形でだった。

大越専一郎への脅迫の件は、まだ確証がなかったからだし、それ以上に、TGV事件や白井刑事の殺しとの関係には、証拠がなかったからである。

また、大越夫妻からの要請もあった。脅迫のことは、公けにされたくないという要請である。

十津川と亀井は、東京に戻って、今後の捜査方針を検討した。

「八甲田山の現場周辺の聞き込みは、青森県警がやり、何かわかれば、知らせてくれることになっています」

と、十津川は本多一課長に報告した。

「君の考えでは、宇垣を殺して、八甲田に埋めたのは、恋人の島崎やよいと思うかね？」

と、本多がきいた。

「正直にいって、わかりませんが、可能性はあります」

「可能性といった程度かね？」

と、本多は不安そうに十津川を見て、

「彼女は、宇垣の行動について、嘘ばかりついていていたんだろう？」

「そうです」

「本当は、彼がマニラから帰国しているのを知っていて、バンコクにいるみたいに、警察に嘘をついていた。私は、そう思うんだよ」

「その点は、同感です」

「それなら、彼女は、宇垣と一緒に、逃げたと見ていいんじゃないのかね？」

「ええ」

「二人で、逃げ廻った。そのうちに、二人がケンカを始めた。気が立っているから、大いにあり得ることだよ。ケンカになり、かっとして、やよいが、宇垣を殺してしまったというのは、どうだね？」

「それは、ありません」

と、十津川は冷静にいった。

「ないかね？」

「犯人は、宇垣を毒殺したうえ、裸にして埋めています」

「そうか。かっとして、毒殺はおかしいかね？」

「まず、ないと思いますし、裸にして、埋めるというのも、おかしいと考えます」

「すると君は、どういうケースを考えているんだ？」

「宇垣とやよいが、二人で逃げたのは、間違いないと思います。追いつめられた気持ちになって、無理心中を図った。それなら、青酸カリで、宇垣が死んでいた理由がわかります。そのあと、彼女は、宇垣を裸にして、八甲田に埋め、自分も死ぬ気で、死に場所を探した。どこかで、すでに死亡しているかもしれませんし、死に切れずに、どこかをさまよっているかもしれません」

「無理心中ね」

「ええ」

「裸にして、埋めた理由は？」

「死んでからも、脅迫や殺人のことを書き立てられるのは、かなわない。それで、身元をわからないようにしてくれと、宇垣に頼まれていたのかもしれません」

と、十津川はいった。

「君は、そのストーリイで満足しているのかね？」

と、本多がきいた。

十津川は、眼をしばたたいた。困ったときの彼の癖だった。

「そういわれると、困るんですが――」

「満足は、していないわけだろう？」

「そうです。なんとなく、すっきりしませんが、今のところ、ほかに、解釈のしようが見つからないので――」

と、十津川はいった。

「これから、どうするね？」

「とにかく、島崎やよいを探します。彼女が見つかれば、なにか、本当のことがわかると思うのです」

「ほかには？」

「宇垣という男のことを、もう一度、じっくりと調べます」

「今までの調べでは、不足かね？」

と、本多がきいた。

「宇垣が見つかり、彼の口から聞ければいいと思っていたわけです。しかし、彼が死んでしまった今は、こちらで、彼のことを調べる必要があると思っています」

と、十津川はいった。

十津川は、亀井と、まず宇垣の働いていた太陽鉄工本社に出かけた。

大手町にあるビルで、そこの営業三課の課長に会った。宇垣は、ここで係長をしていたはずである。

小野という課長は、十津川の質問に答えて、

「宇垣君は、正直にいって、よくわからない男でしたねえ。仕事は一応やるのだが、残業はあまりやらないし、他の係が忙しくても、平気で旅行に行く。まあ、現代的というんでしょうね」

と、いった。あまり好意を持っていなかったことは、明らかだった。

「宇垣さんは、よく旅行していましたね？」

と、十津川がいうと、小野は、眉をひそめて、

「そうですねえ。仕事に、支障を来したこともありましたよ」

「海外旅行へも、よく行っていたようですが、借金などは、していませんでしたか？」

「それなんですが、社内で、社員に融資をする制度があるんですよ。宇垣君は、その常連でしたね。目いっぱい借りていて、そのほかに友人に頼んで、その友人の名前でも借りていたようです」

「金には、困っていたということですね？」

「と、思います。それなら、海外旅行なんか、行かなければいいと、思っていましたがねえ」

と、小野は肩をすくめた。

「性格はどうでした？　どんな男だったか、話してくれませんか？」

と、亀井がいった。

小野は、ちょっと考えていたが、

「無口で、大人しいんですが、その反面、頑固で、急に怒り出したりすることがありましたね」

「正義感の強いほうでしたか?」

と、十津川がきくと、小野は笑って、

「自分では、正義感は、強いと思っていたはずですよ」

と、いった。

「自分では、というのはどういうことですか?」

「なにか、社会で起きた事件のことを、話題にして、話しているとしますね。雑談ですよ。誰も、真剣に話しているわけじゃないんです。そんなとき、突然、宇垣君が、変に力んで、喋り出したりするわけです」

「たとえば、どんなことですか?」

「そうですね。土地が高いという話をしていたとします。政府が悪いとか、税制の問題だとか、みんなわかっていて、喋っているわけですよ。そんなとき、彼は、突然大声で、政府の悪口をいうわけです。そんなことはわかっているんで、自然にシラケてしまうんです」

「なるほど」

「そうかといって、すべてにわたって、正義派かというと、そうでもないんですよ。適当に妥協したりもするわけです。要するに、自分勝手ということじゃありませんかね」

と、小野はいった。

十津川たちは、次に、旅行研究会の会員に、会ってみることにした。

その一人で、幹事の林は、カメラマンだった。

林とは、四谷のスタジオで会った。

「宇垣さんが死んだと知って、びっくりしているんですよ」

と、林は十津川にいった。

「この会の名誉会長に、大越専一郎がなっていますね？」

「ええ、なにしろ、百万円、寄附してくれましたから」

と、林は笑った。

「そのお礼に、あなたや宇垣さんは、大越専一郎に会いに行ったと聞いたんですが」

「ええ、行きました。まあ、向こうにしてみれば、毎日のように会う何十人もの人間の中の一人でしかなかったでしょうね」

「そのあと、宇垣さんが、大越専一郎に借金を申し込んだのを、知っていましたか？一千万円です」

と、十津川がいうと、林は、「へえー」と声を出して、

「知りませんでしたねえ。そんなことがあったんですか」

「彼は、そういうことをする人間ですか？」

「そうですねえ。ときどき思い切ったことをする人でしたからね。やるかもしれません

ね。それで、一千万円、借りられたんですか？」

「駄目だったようです」

「でしょうね。世の中、そんなに甘くないからな」

と、林はひとりごとのようにいった。

「断わられたとき、宇垣という人は、かっとなるほうですかね？」

亀井が、きく。

「さあ。それは、断わられ方によるんじゃありませんか。丁重に断わられたら、別に怒らないでしょう」

「軽くあしらわれたら、どうですか？」

「そりゃあ、怒るでしょうね」

と、林はいった。

「怒って、どうすると思いますか？」

と、亀井がきくと、林は、「え？」とききし直してから、

「彼は、なにかしたんですか？」

「実は、それがわからなくて、調べているんですよ」

「青森の八甲田で見つかったのは、本当に宇垣さんだったんですか？」

と、林はきいた。

「なぜですか？」

「そのころ、彼は、海外旅行に、行ってたとばかり思っていたんですよ」

「東南アジアに行って、帰国してから、殺されたんですが、あなたにも、海外旅行に行くといってたんですか？」

「ええ」

「それは、いつですか？　フランスから帰ってきてからですか？」

と、亀井がきいた。

「そうです」

「彼は、フランスで、殺人事件に巻き込まれているんです。恋人の島崎やよいと二人でですよ。それについて、あなたになにか話しましたか？」

これは、十津川がきいた。

林は、「ああ、あのことですか」といってから、

「自分からは、話しませんでしたね。こちらが、新聞に出てたが、どうなのかときくと、ひどい目にあったよと笑っていましたね」

「笑っていましたか？」

「苦笑みたいな感じですがね」

「また、海外旅行に行きたいといっていたのは、どういう気持ちからですかね？　フラ

ンスの事件は、日本の新聞にものったし、彼の名前も出てしまったので、事件について、あれこれ聞かれるのが嫌だったからでしょうか？」

と、十津川はきいた。

「さあ。どうですかね。あの事件のことは、ほとんど話しませんでしたから」

「しかし、フランスから帰ったばかりで、よく、次に旅行するお金がありましたね。その点はどういっていました？」

と、十津川はきいてみた。

林も、肯いて、

「実は、僕もそれが不思議だったし、羨ましかったんですよ。お互いに、そんなに、お金は自由になりませんからね」

「宇垣さんは、なんといっていましたか？」

「僕が、旅行の費用の心配をしたら、それは大丈夫なんだって、笑っていましたね。それだけじゃなくて、君が旅行したいんなら、費用を出してあげるよって、いっていましたね」

と、林はいった。

「そういっていたんですか？」

亀井が、眉をひそめてきいた。

「ええ」

「おかしいな。フランス旅行というより、ヨーロッパ旅行から、帰ってきたばかりだったんでしょう？　よくお金の余裕がありましたねえ」

「そういうことは、僕にはわかりませんが」

林も、困ったような顔をした。

「宇垣さんが、大越夫妻について、あなたに何か話していたことは、なかったですかね？」

と、亀井がきいた。

「そうですねえ。なにしろ、百万円寄附してくれたわれわれのスポンサーですからね。大越さんは、立派な人だってほめていたのは、知っていますよ」

「それは、彼が、借金を断わられる前でしょう？」

「そうなりますかね」

「あるいは、わざと、ほめていたのかもしれない」

「ええ」

「もし、宇垣さんが大越夫妻を脅迫していたとすれば、それを隠そうとするでしょうからね」

「ええ、わかりますが、どうも信じられないな」

「何がですか？」

「宇垣さんが、大越さんを脅迫していたということですよ。そんなことをする人とは、思えません。旅行好きの、いい人でしたからね」

「旅行が好きでも、脅迫はするでしょう」

と、十津川はいった。

6

宇垣を殺した人間が誰かわからないままに、時間が経過していった。

いや、正確にいえば、十津川たちは、恋人の島崎やよいを、怪しいと睨んでいたから、まったく不明のままではなかった。

しかし、島崎やよいの行方がわからない限り、犯人がわからないのと同じだった。

やよいの行方は、杳《よう》としてわからない。

彼女の実家、友人、知人にも照会したのだが、どこにも現われていなかった。

（まさか、彼女も、土の中に埋められているのではないだろうか――）

十津川には、その不安があった。

土の中ではなく、どこかで死んでいたら、今度の事件をどう解釈したらいいのか。

宇垣が、大越を逆恨みして、脅迫し、フランスのTGV車内で狙撃した。が、弾丸はそれて、秘書の松野ユキを殺してしまった。

宇垣は、帰国したあと、警察が自分に疑いを持っていると思いこんで、東南アジアの旅行に出かけた。

だが、一日マニラに滞在しただけで、突然、帰国した。

その理由は、わからない。が、想像すれば、共犯の島崎やよいと、今後のことを相談するためではなかったか。

そして、いよいよ脅迫していたことまでわかったらしいと思って、やよいと二人で、日本国内を逃げ廻ったのではないか。

海外へ逃げなかったのは、空港に、警察が張り込んでいると思ったからか。

逃亡で二人の心は荒《すさ》み、無理心中まがいに、やよいは宇垣を殺してしまった。

ここまでは、推理ができる。

「そのあと、やよいは、どうしたかですがねえ」

と、亀井は考え込んでいたが、

「死に場所を探して、今も、日本じゅうをさ迷っているんでしょうか？」

「それとも、すでに、自殺してしまっているのかもしれないな」

と、十津川はいった。

「もし、自殺してしまっているとすると、どこで死んだと思われますか？」

と、亀井がきく。

他の刑事たちも、十津川の顔を見ていた。

「いくつかのケースが、考えられるよ」

と、十津川はいった。

「どんなケースですか？」

「第一は、同じ八甲田山で、自殺しているケースだ。もし、八甲田山とすると、今は深い雪の下になってしまって、発見は、来年の春まで不可能だろう。雪崩が起きて、死体が出てくるみたいな幸運は、そうそうあるわけじゃないからね」

「そうですね」

「第二のケースは、二人の思い出の場所で、死ぬということだ」

「そこが、海外なら、彼女は、ひとりで日本を出ていくんじゃありませんか？　いや、すでに出国してしまっているかもしれませんね」

と、西本がいった。

「それを、今、調べているよ」

と、十津川はいってから、続けて、

「第三は、彼女の郷里に帰って、自殺するということだよ。彼女の郷里は宮城県だが、これは県警のほうに頼んであるから、見つけ次第、おさえてくれるはずだ」

と、いった。

入国管理事務所の協力を得て、調べたところでは、島崎やよいは、海外へ出ていないことがわかって、十津川は、ひとまず安心した。

とにかく、島崎やよいは、今のところ、日本のどこかにいるのだ。

ただ、思い出の場所がどこかを見つけだすのは、難しかった。

なにしろ、宇垣とやよいは、旅行好きのカップルで、日本に限定しても、よく歩き廻っているから、ここと限定できないのである。

それでも、宇垣とやよいのマンションから、アルバムを持ってきて、二人が一緒に写っている場所を、見つけ出すことにした。

二人が一緒に写真に写っている場所は、日本国内で三カ所あった。

十津川は、その三カ所を調べてもらったが、そのどこでも、やよいの遺体は見つからなかった。

残るのは、八甲田山だけである。

しかし、そこは、雪溶けを待たなければならない。

島崎やよいが自殺したのかどうか、わからないままに、時間が過ぎていくことになってしまった。

青森県警でも、宇垣の死について、これといった聞き込みもないようだった。

十津川は、大越コンツェルンの三浦秘書に電話をかけてみた。

その後、脅迫状が来たかどうかを、知りたかったからである。

「誹謗《ひぼう》や、中傷の手紙や、電話はありますが、例の激しい脅迫状と同じようなものは、ぴたりとこなくなっています」

と、三浦はいった。

（やはり、犯人は、宇垣だったのか）

と、十津川は思った。

筆跡鑑定の結果も出ているから、脅迫者は、宇垣亘と断定して間違いないだろう。

恋人の島崎やよいは、それを知っていたに違いない。

さもなければ、ＴＧＶの３号車で、狙撃はできないだろう。

白井刑事は、おそらく、パリで、宇垣とやよいの二人を尾行したのだ。そして、二人が、夜のセーヌ河岸を歩きながら、脅迫のことや狙撃のことを話しているのを盗み聞きしたのだろう。

白井刑事に秘密を知られたと知った宇垣が、白井を殺したのではないか？

このあたりまでの想像はできるのだが、硝煙反応の件は、いぜんとして未解決だし、犯人が宇垣とすると、なぜサイレンサーだけ持ち、バード刑事のコルトスペシャルを盗んで使ったのかは、わからないままである。

島崎やよいは、十津川たちの必死の捜査にもかかわらず、見つからなかった。

日本国内にいるとは思うのだが、十津川たちの前から、完全に消えてしまったのである。

「どうも、八甲田山で、自殺している可能性が大きくなったねえ」

と、十津川は亀井にいった。

「自殺する場所としては、恋人の近くというのが自然ですからね」

と、亀井もいう。

「無理心中的に宇垣を毒殺して、遺体を土中に埋めたあと、やよいは、もっと八甲田山の奥に入っていって、自殺したというところかな」

「そうだとすると、来年の春の雪溶けまで、見つかりませんねえ」

と、亀井はいった。

亀井の予想が適中したのか、島崎やよいは、いつまでたっても見つからなかった。

年が明けた。

一月、二月と経《た》ってゆく。

その間、八甲田には、何回も大雪が降った。もし八甲田の山中で、島崎やよいが自殺しているのなら、間違いなく、雪が溶けるまで発見されないだろう。

三月は、まだ八甲田の雪は溶けない。

四月に入って、大越夫妻のほうに、一つの動きがあった。

夫妻が、四月二十日に、フランス政府の招待で、渡仏することに決まった。

期間は一週間。長年の日仏友好に貢献したことに対して、フランス政府が、大越夫妻に勲章を与えるというものだった。

パリの大統領官邸で、盛大なパーティも開かれると、新聞には出ていた。

「私のささやかな努力が、むくわれて嬉しいが、フランス政府から、勲章をいただくというのは、申しわけない気がする。今後も引き続いて、日本とフランスの友好のために微力をつくしたい」

これが、大越の談話だった。

この談話が新聞にのった直後に、パリ警視庁のピエール警部から、十津川に電話が入った。

ピエールが、英語で話してくれるので、なんとか十津川は応答ができた。

「こちらの新聞に、大越夫妻が、大統領の招待でくることが発表されています。四月二十日から、十日間の予定です」

と、ピエールがいった。

「日本の新聞にも、同じことが発表されています」

「パリ滞在が六日間。そのあと、ＴＧＶで南仏へ遊ぶとなっています」

「ＴＧＶに乗るというのは、日本の新聞には出ていませんね」

と、十津川はいった。

「問題は、去年の十月に、ＴＧＶの車内で、ムッシュー・大越が狙撃され、その結果、彼の女性秘書が死亡したことです。そのあと、あなたの部下の白井刑事まで、パリ市内で殺されたことです。また、大越夫妻が脅迫されたり、狙撃されたりすることはないと思われますか？」

と、ピエールはきいた。本気で心配している様子が、言葉の調子から推察できた。

十津川は、宇垣が八甲田山で死体で見つかったこと、脅迫状の筆跡が彼のものだったこと、さらに、彼の恋人の行方が不明なことなどを、ゆっくりと話してから、

「現在、大越夫妻には、同じ種類の脅迫状は、まったく来ていません。脅迫の電話もです。したがって、去年十月の事件の再現はないと、確信しています」

と、いった。

「しかし、宇垣の恋人の島崎やよいは、いまだに行方不明なんでしょう？　彼女が、またパリにやってきて、大越夫妻を襲うということは、ありませんか？」

と、ピエールはきいた。

「宇垣には、大越専一郎を憎む理由がありましたが、彼女にはありません。宇垣と彼女が、去年十月の事件で共犯関係にあったといっても、仕方なく見ていたということだったと思うのですよ。したがって、彼女が大越夫妻を襲う可能性は、ないと思いますね」

「彼女は、なぜ、見つからないのだろうか？　日本国内にいるのに」

と、ピエールがきいた。

「それは、多分、すでに死亡しているからだと思っています。一番有力な説は、宇垣が死んでいた八甲田山の中で、自殺していることです。あの山は、五月にならないと雪が溶けませんから、そのころに、彼女の死体が、見つかるだろうと思っています」

「すると、今回は、去年十月のような事件は起きないと、確信されますか？」

と、ピエールがきいた。

「確信するのかといわれると困りますが、八〇パーセント、何も起きないと思っています」

と、十津川はいった。

ピエールは、納得した感じで、電話を切ったのだが、翌日、またかけてきた。

「四月二十日に、ムッシュー・十津川も、パリにおいでになりませんか？　ムッシュー・亀井も一緒に。もう一度、お会いしたいと思っているのですよ」

と、ピエールはいう。

「私も、もう一度、お会いしたいと思いますし、亀井刑事も同じだと思いますが、大越夫妻が襲われる気配がないのでは、行かせてもらえません」

と、十津川はいった。

「実は、ニューヨーク市警のバード刑事が、二時間前に電話してきましてね。大越夫妻が、大統領の招待で、パリに行くことをニュースで知った。必ず、また事件が起きるに違いないから、四月二十日にパリに来るというのです。彼は、去年の十月に、自分の拳銃を盗まれた屈辱が忘れられなくて、今度こそ、自分の手で、犯人を捕まえてやるんだといっていました」

とピエールはいった。

「バード刑事は、そんなことをいっているんですか？」

「正直にいうと、私も、同じ予感を覚えるんですよ」

と、ピエールはいう。

十津川は、受話器を持ったまま、苦笑した。

「その予感は、外れますよ。脅迫の主の宇垣は、すでに死亡しているんです。したがって、大越夫妻が襲われることは、まずありませんからね」

と、十津川はいった。

しかし、ピエールは、

「多分、スコットランド・ヤードの刑事も、パリにやってくると思いますよ。連中は、犯罪が起こりそうな匂いに敏感ですから」

と、いって、譲らなかった。

十津川は、不安になってきた。

刑事には、独得の勘がある。犯罪の匂いを嗅ぎ取る鋭敏な嗅覚《きゅうかく》がある。十津川も、持っているつもりだったが、ピエールの話を聞いていると、だんだん自信がなくなってくる。

十津川が、脅迫、狙撃の犯人が死亡したと伝えているのに、ニューヨーク市警のバードやスコットランド・ヤードの刑事たちは、事件が起きると確信してパリに行く。もちろん、ピエールも同じなのだろう。

十津川は、彼らとの間にギャップを覚えた。

(私のほうが、鈍くなってしまったのだろうか？)

そんな不安さえ覚えて、亀井にピエールの話を聞かせて、感想をきいた。

「多分、連中は、パリ見物をしたいんじゃありませんか」

と、亀井は笑った。

「本当に、そう思うかね？」

と、十津川がきくと、亀井は、笑いを消して、

「彼らのほうが、正しくて、また大越夫妻が襲われたら、宇垣犯人説が崩れてしまうんじゃありませんか」

と、きいた。

「今度の犯人が、まったくの別人か、島崎やよいなら、われわれの推理は生きると思うよ。問題は、去年の十月に、現場にいて、宇垣ではない人間が犯人のときだよ」

と、十津川はいった。

「島崎やよいが生きていて、四月二十日から十日間の間に、フランスで大越夫妻を襲う可能性は、あると思いますか？」

亀井が、きいた。

「まず、ないと、思うんだがね」

と、十津川はいった。

十津川は、本多一課長に相談してみた。

「心配になってきたなんて、君らしくないじゃないか」

と、本多は笑った。

「そういわれると、自分でも情けなくなってくるんですが」

「宇垣が死んでいるんだ。まったく新しい人間が出てきて、大越夫妻を狙うなら話は別だが、去年の十月と同じ事件は、起きるはずがないだろう」

と、本多はいった。

「そのとおりなんですが」

「パリ警視庁にいわれると、それでも気になるかね？」

「ニューヨーク市警やスコットランド・ヤードも、同じことを考えています」

「ひょっとすると、君も、心のどこかで、去年の十月と同じ事件が起きると、思っているんじゃないかね？　だから、パリ警視庁などの動きに、触発《しょくはつ》されて、不安になってくるんじゃないのかね？」

と、本多はきいた。

十津川は、考え込んでしまった。

宇垣が死んだこと、彼の筆跡が脅迫状のそれと同じだったことで、理屈としては、事件は終わったと考えている。

しかし、本多の指摘するように、心のどこかで、事件はまだ終わっていないと感じていたのかもしれない。それが、ピエールの言葉で触発されたのか。

「ひとりで、考え込むのはよくないな」

と、本多はいった。

「しかし、どうしようもありません。事件が再発するとしても、パリでですから」

十津川は、肩をすくめるようにしていった。

本多は、「そうだな」と呟いて、じっと、十津川を見ていたが、

「君も、四月二十日に、パリへ行ったらどうだね？」

「しかし、宇垣は死んでいますから、行く理由は見つかりませんよ。私が申請しても、許可はおりないでしょう。現在、大越夫妻は、なんの脅迫も受けていないわけですから」

「たしかに、許可はおりそうもないな」

「それに、行くのなら、亀井刑事も連れていきたいと思います」

「二人だと、ますます、許可される可能性はうすくなるね」

「そうでしょう。諦《あきら》めます」

「休暇は、何日残っているね？」

「毎年、余してしまいますよ。多分、今年も半分もとれないでしょう」

「休暇をとって、一週間、パリへ行ってきたらどうだね？」

と、本多はいった。

「一週間も、休暇をくれますかね？　ちょうどそのときに、事件を抱えていれば、絶対に無理ですよ」

「私が、三上部長に話して、四月二十日から一週間、君と亀井君を自由にするようにしておく。パリへ行く費用などは、一時、君が払っておいてくれ。パリで事件が起きれば、

公務に切りかえて、支払うようにするから」

と、本多はいった。

「もし、なにも起きなかったら、どうなりますか？」

と、十津川はきいた。

本多は、笑って、

「そのときには、亀井君と二人で、一週間、パリの休日を楽しんできたらどうかね？

ただし、費用は君たちの個人負担となってしまうがね」

と、いった。

第五章　再びパリ

1

十津川と亀井は、大越夫妻に合わせて、再びパリに飛ぶことに決めた。

その前に、十津川は、大越に会って、彼の渡仏目的とスケジュールを聞くことにした。

大越には旅行準備で忙しくて会えなかったが、秘書の三浦から話を聞くことができた。

「この前の事件では、フランスの関係者に大変ご迷惑をおかけしてしまった。そのお詫びに、パリ市内に、留学生のための会館を改造することにしたわけです。日本人の学生にも、もちろん利用してもらおうというわけで、総額五十億円ほどになると思います。かなり立派なものができるはずです」

と、三浦は誇らしげにいった。

「向こうの要人にも、会われるわけですか？」

「そうですね。当然、教育関係の高官に会うことになると思います。パーティも開きますしね」

「奥さんも、行かれるんですか？」

「もちろんです。こちらの主催するパーティでは、ぜひ活躍していただかなければなりませんのでね。そのあとは、郷里のグルノーブルで、三日間、ゆっくりと家族と過ごされる予定です」

「そのとき、大越さんも一緒ですか？」

と、十津川がきくと、三浦は、微笑して、

「それが、社長は、パリらしい情緒を楽しみたいといわれましてね。地下鉄《メトロ》に乗ったり、カルチエ・ラタンを歩いたりしたいとおっしゃっているんですよ。それで、そのためのスケジュールを作っているところです」

「地下鉄《メトロ》に乗るとき、あなたと大越さんと二人だけですか？」

「最初は、社長一人で乗るといわれたんですが、それではあまりにも不用心なので、私が同行することになりました」

「くわしいスケジュールができたら、教えていただきたいんですがね」

「まさか、また向こうで、社長が狙われるというんじゃないでしょうね？」

三浦が、眉を寄せてきいた。

「可能性は、ありますよ」

「しかし、犯人と思われた宇垣という男は、亡くなったんじゃありませんか？」

「だが、彼の恋人は、死んでいません」

「その女が、またパリで？」

「わかりませんが、注意したほうがいいと思います」

「うちの社長にそんなことをいったら、余計、無鉄砲な行動をとりますよ。十津川さんもパリへ行かれるんですか？」

「向こうで殺された白井刑事のためにも、あの事件を完全に解決したいのですよ」

「そのお気持ちはわかりますが、刑事さんが同行してのパリ見物では、社長は嫌がりますよ。なんのためのパリ情緒かということで」

「その点は、大越さんの眼に触れないように、行動しますから、安心してください」

「それならいいんですが――」

「パリ警視庁にも、大越さんは、行かれるんですか？」

「当然、あの事件でお世話になったので、社長はお礼にいかれます。総監とピエールという警部には、お土産をもっていかれることになると思います」

と、三浦はいってから、

「犯人と思われる女の名前は、なんといいましたかね？」

「島崎やよいです」

「その島崎やよいが、社長をまたパリで襲うかもしれないというわけですか？」

「そうです」

「たった一人の若い娘でしょう？　なにもできないと思いますがねえ」

と、三浦はいった。

「しかし、もし、彼女が拳銃を持っていれば、引き金を引くことができますよ。そして、弾丸が飛び出す。命中すれば、大越さんは死にますよ。違いますか？」

「そりゃあそうですが、なんのために、彼女は、社長を狙うんですか？」

「宇垣は、大越さんに借金を申し込んで断わられた。期待していただけにかっとした。それで、ＴＧＶの車内で大越さんを狙ったんです。それは、おわかりでしょう？」

「ええ。わかっていますよ。宇垣の手紙がありましたからね。しかし、島崎やよいは、なぜ社長を狙うんですか？」

「仇討ちですかね」

「仇討ち？」

「追いつめられて、宇垣が毒死しました。自殺だとしても、恋人の島崎やよいにしてみれば、原因を作ったのは、大越専一郎だと考えた――」

「そんな無茶な――」

「犯人の考えることは、無茶なものですよ」

と、十津川は笑った。

2

四月二十日、一二時五〇分発のエール・フランス275便に乗る直前になって、やっと、大越専一郎のパリでのスケジュールが十津川の手に入った。

十津川と亀井は、大越たちと同じエール・フランス275便に乗ったのだが、もちろん、向こうはファーストクラス、こちらはエコノミークラスである。

座席に腰を下ろすと、十津川と亀井は、ファックスで送られてきた大越のスケジュール表に眼を通した。

パリまでの所要時間が、直行便なので、十二時間三十五分。ドゴール空港には、パリ時間の二十日一八時二五分に着く。

二十一日から二十三日までは、パーティの連続といってよかった。

文部大臣、日本大使などを招待してのパーティ。それが、二日続く。

もう一日は、パリの大統領官邸でのパーティである。

二十四日には、夫人がグルノーブルの実家に帰り、大越と三浦秘書は、地下鉄《メトロ》を楽しみ、カルチエ・ラタンを歩き、モンマルトルで、似顔絵を描いてもらうといった行動を、二十六日まで続けることになっていた。

その三日の間には、遊覧船でセーヌを下ったり、ポンピドー広場で、大道芸を見たりする時間も書き込んであった。

「なにを考えているんですかねえ」

と、亀井が溜息をついた。

「なにがだい？」

十津川が、わかっていて、きいた。

「二十四日からの行動ですよ。地下鉄《メトロ》に乗ったり、遊覧船に乗ったり、カルチエ・ラタンを歩いたりしていたら、それこそ、どうぞ狙ってくださいと、いわんばかりじゃありませんか」

「島崎やよいの行方は、まだつかめていないんだ。すでに、フランスへ行っているかもしれない」

「また、拳銃で狙いますかね？」

と、亀井がきいた。

「多分ね」

「しかし、島崎やよいは、どうやって、拳銃を手に入れる気でしょうか？」

「もう、手に入れていると思うよ」

と、十津川はいった。

「もうですか？」

「十月の事件を思い出してみたまえ。あのとき、宇垣と島崎やよいは、サイレンサーつきのコルトスペシャルを使っている」

「しかし、あの拳銃は、ニューヨーク市警のバード刑事のものでした」

「そうだよ。だが、サイレンサーは違う」

「ええ」

「犯人は、サイレンサーだけを持って、大越を狙っていたのだろうか？　ノーだよ。犯人は、サイレンサーつきの拳銃を持っていたんだ。ＴＧＶに乗ったら、たまたま世界じゅうの刑事が乗ってきていた。そこで、アメリカのバード刑事のコルトスペシャルを盗み、それにサイレンサーをつけかえて、射ったんだ。そのほうが、犯人が誰かわからなくなるからね」

「危ないことを、やったものですね」

「そうだ。だが、コルトスペシャルを盗んだのは、島崎やよいだと思うね。ミスター・バードが、甘い香水の匂いがしたといっていたからだ。盗むところを見つかっても、若い女、それも美人が、ちょっと触ってみたかったといえば、バード刑事は、許したと思うよ。だから、そう危険なことでもなかったんだよ」

と、十津川はいった。

「なるほど」

「犯人は、盗んだコルトスペシャルで狙撃した。そして、凶器の拳銃は、TGVの棚に置き捨てた。とすると、犯人が持ってきていた拳銃があるはずだ」

「たしかに、そうですが――」

「日本に、持って帰ったとは思えない。税関で見つかる恐れがあるからね。また、パリで、大越に会ったときに使うつもりで、パリのどこかに隠したかもしれない。もしそうなら、犯人は、すでに拳銃を持っていることになるんだよ」

と、十津川はいった。

「なるほど。そうなると、拳銃を使う可能性が、どうしても大きくなりますね」

亀井は、厳しい顔になっていった。

「拳銃を使えば、女でも、簡単に大越を殺せる」

と、十津川はいった。

食事が、運ばれてきた。ナイフとフォークを動かしながらも、二人は、パリに着いてからのことを話し合った。

犯人は、どこで狙うだろうか？

島崎やよいは、顔を知られている。したがって、まさか、大越の主催するパーティなどには、現われないだろう。

大越を狙うとすれば、二十四日以後、彼が、三浦とパリの街に出るときに違いない。

十津川が心配なのは、最近のパリは、日本人だらけだということだった。ホテルにも日本人の姿が目立つし、ルーブルやモンマルトルといった名所にも、日本人が多い。

島崎やよいが、そうした日本人の群れの中にかくれて近づいてきたら、発見するのは、難しそうだからである。

島崎やよいは、身長一六〇センチ、体重五二キロ。今の若い女性の平均的なサイズといえよう。顔立ちも、美人ではあるが、さほど際立って目立つ顔ではない。日本人の団体客の中にまぎれ込んでいれば、簡単には見つけられない。

「大越さんに、街へ出るのは、止めてくれとはいえないからね」

と、十津川は苦笑しながら、亀井にいった。

「パリ警視庁のピエール警部たちは、すでに、島崎やよいのことを調べてくれているわけですか？」

と、亀井がきく。

「パリ市内のホテルに、当たってくれているよ。もし、泊まり客の中に、島崎やよいの名前があれば、マークしておくといってくれている」

「ニューヨーク市警のバード刑事も、くるわけですね？」

「必ずくるといっている。あの香水の匂いは、忘れていないといっていたね。島崎やよいが、果たして、同じ香水を使うかどうかわからないがね」

と、十津川はいった。

もちろん、バード刑事が、香水だけを頼りにしているとは思えない。おそらく、そのときの感触ということだろう。

五、六時間して、十津川は、眼を閉じて眠ろうと努めた。

窓のカーテンを閉めたが、それでもなかなか眠れなかった。

結局、二、三時間しか眠れずに、パリのドゴール空港に着いた。

二度目なので、十津川たちは、迷うこともなく、税関に向かって通路を歩いていった。

大越夫妻と三浦秘書は、ファーストクラスなので、先に出てしまっている。

税関手続きをすませて、外に出ると、パリ警視庁のピエール警部が、車で迎えに来てくれていた。

「ムッシュー・大越の一行は、二十分前に、リムジンでパリ市内に向かいました。ムッシュー・十津川とムッシュー・亀井も、同じホテル・メリディアンでしたね？」

と、ピエールが確認するようにきいた。

「向こうが、そのホテルに泊まるというので、こちらも、同じホテルにしたんですよ。大越夫妻は、ホテル・メリディアンがエール・フランスの直営ということで、このホテルにしたようです」

「では、まずホテルに行って、そこで話し合いましょう」

と、ピエールは微笑した。

彼の運転するシトロエンで、ホテル・メリディアンに向かった。

ピエールは安全運転である。

といっても、百キロは楽に出している。

「この三日間、パリ市内のホテルというホテルを調べましたが、島崎やよいという日本人は泊まっていませんね。パリ郊外のホテルを、明日は調べてみるつもりですが」

と、ピエールは運転しながらいった。

「偽造のパスポートを使っているか、あるいは、他人のパスポートを利用しているということも、考えられますね」

亀井がいい、それを十津川が、英語に通訳した。

「その可能性は、確かにありますね。偽造パスポートは、ますます精巧になっているし、彼女がパリに入ってから、他人のパスポートに取りかえた可能性も考えられます。そうなると、出国のときでないと、チェックは難しい。顔のよく似た女性のパスポートを、パリへ来てから取得して、なりすましているとすると、それをチェックするのは、困難です。なにしろ、パリは、観光客には寛大だし、日本人はたくさんきていますのでね」

ピエールは、笑いながらいった。

3

ホテル・メリディアンは、日本人客が多く、ロビーもエレベーターの中も、日本語が飛びかっていた。

大越夫妻と三浦秘書は、十一階に部屋をとっているので、十津川たちも同じ階にしてもらった。こんなときは、パリ警視庁の威光よりも、チップのほうが有効だった。

それを教えてくれたのは、フロントで交渉してくれたピエール警部である。

十津川と亀井が、七階に予約してあったのを、十一階に変更してもらうのに、フロントは難色を示した。そのとき、ピエールは、十津川たちを陰に呼んで、

「二百フラン出してください」

と、いい、百フラン札二枚を持って、もう一度、フロントにかけ合ってくれた。

どんな話し合いがフランス語で行なわれたのか、十津川にはわからないが、見事に、十一階に変更してもらうことができた。

「パリは、芸術の都ですから、警察の私の顔より、画家の顔のほうが力があるんですよ」

と、いって、ピエールは笑った。画家の顔のほうがといったのは、百フラン札がドラクロアの顔になっているからだろう。

この日の夕食のとき、十津川と亀井は、ホテルのレストランで大越夫妻に会った。といっても、十津川のほうは、素知らぬ顔で、店の隅から彼らを眺め、店内に島崎やよいが、いないかどうか、見張っていただけで、会話は交わさなかった。

夜は、交代で、十一階の廊下を見張ることにした。

幸い、大越夫妻たちの部屋は、エレベーターと階段から、一番遠い奥にある。警戒するには、楽な位置だった。

二時間交代で、十津川と亀井は、廊下を警戒した。

この夜は、なにごともなく、朝になった。

二十一日の午後二時に、大越夫妻と三浦秘書は、三浦の運転するベンツのリムジンで、文部省に出かけていった。

文部省は、セーヌの左岸、首相官邸や通産省、農林省などのある官庁街の一画にある。

ホテル・メリディアンと文部省の間の往復は、ピエール警部が警戒してくれるというので、十津川は、委せることにした。

理由は、二つあった。

一つは、このパリで、十津川は足になる車を持っていないから、走行中の車の警戒は、パリ警視庁に委せるより仕方がなかったことである。

第二は、島崎やよいが、走っている車を襲うとは、思えなかったのだ。武器を持ったテロ組織ならやるだろうが、個人では、無理だろう。

同じ日の夜、大越夫妻が、シャンゼリゼ大通りから、脇に入った場所にある高級レストラン「タイユヴァン」を借り切って開かれたパーティには、十津川と亀井も出席した。文部大臣夫妻や日本大使夫妻などが招待されたパーティで、十津川たちが招待されたのは、三浦秘書のはからいである。

このパーティで、十津川は、ニューヨーク市警のバード刑事にも、会うことができた。彼も招待されていたのだ。

文部大臣が、外国人留学生のための会館改造への感謝の言葉を述べるのを聞きながら、バード刑事は、小声で、

「今度、ミスター・大越を狙っているのは、若い女だそうだね」

と、話しかけてきた。

「TGVで、日本人の若いカップルが、ミスター・大越を狙ったということでね。男のほうは、日本で死んだが、女のほうが、今度、ミスター・大越を狙う可能性があるんだ」

十津川は、日本から持ってきた島崎やよいの顔写真を、バードに渡した。

「よく見ると、なかなか美人だな」

と、バード刑事は、じっと写真を見つめていた。自分の拳銃、コルトスペシャルを奪ったのが、こんな美人だったのかという思いなのだろう。

文部大臣とパリ市長の挨拶が終わると、次に日本の大使が立って、日仏の友好に尽力する大越への感謝の言葉を述べた。

最後に、大越が、日仏友好に役立てば嬉しいと、謙虚に喋り、その挨拶に合わせたように、大きなケーキが運ばれてきた。

五階建ての留学生会館を模したケーキである。屋根の上には、日本とフランスの国旗が立っていた。

ご丁寧に、ケーキの館の上には、２５００００００Ｆと、総工費の額が書かれた札が立っていた。

いかにも、金持ち日本を誇示しているようで、同じ日本人として、十津川は、照れ臭くなり、亀井を従えて廊下に出た。

「島崎やよいの姿は、見えませんね」

と、亀井が廊下を見廻しながら、十津川にいった。

「彼女一人と、断定していいんだろうかね？」

ふと、十津川は、頭に浮かんだ不安を口にした。

「ほかに、誰かいますか?」

「大越専一郎という人は、いろいろと物議をかもす人のようだからね。宇垣と島崎やよいのほかに、彼を恨んでいる人間がいるかもしれない。島崎やよい一人にしぼっていて、いいのだろうかと、ふと思ってね」

と、十津川はいった。

「しかし、今のところ、彼女以外に具体的な名前は、浮かんでいませんが」

と、亀井はいった。

「宇垣の家族がいるんじゃないのかな?」

「両親は、健在ですが、兄弟はいなかったはずです」

「そうか。それなら、島崎やよいだけをマークしていればいいかな」

「今のところ、それでいいと思いますが」

と、亀井はいった。

パーティは、午後十一時過ぎまで続いた。

フランス人は、パーティ好きなのだろう。十津川と亀井も、同じテーブルのフランス人に、やたらにワインをすすめられ、断わるのに苦労した。フランス人には、ワインを飲まない人間が、この世にいることが不思議らしい。

翌二十二日の新聞には、大きく大越専一郎の写真がのった。

二億五千万フランを寄附し、パリ市内にある留学生会館を改造すること、パリ市長から名誉市民の称号を贈られることなどが書かれていた。

これを、十津川は、英字新聞で読んだ。

ほかに、VIPクラスの人物がパリに来てないこともあってか、他の新聞も、大越の今度の行為を大きく取りあげていた。

彼の妻が、グルノーブルの旧家の娘であること、去年の十月にきたとき、TGVの車内で、命を狙われたことも書かれている。

その中に、今日、四月二十二日が、大越の誕生日だという記事もあった。

「われわれも、なにか誕生祝いをしなければいけませんかね？」

律義な亀井は、そんな心配をした。

十津川は笑って、

「そこまで、気を使うことはないだろう。われわれの役目は、大越専一郎の安全を守ることなんだから」

と、いった。

午後、大越夫妻は、シテ島にあるパリ警視庁に、十月の事件のときのお礼に出かけた。

これには、十津川たちも同行したし、バード刑事も出かけた。

シテ島は、セーヌ川の中洲《なかす》といっていいだろう。小さい島だが、そのそばに有名なノートルダム寺院がある。

大越夫妻が、警視総監と儀礼的な挨拶をしている間、十津川は、ピエール警部やバード刑事と、今後の警戒について話し合った。

二十四日からの、大越の市内見物のときが危険ということで、意見は一致した。

十津川は、相手がすでに拳銃を持っていると思うと、自分の考えをいった。

「十月のとき使うはずだった拳銃を、犯人は、パリ市内のどこかに隠して、日本に帰ったと思うのです。ミスター・大越は、日仏親善協会の会長だし、奥さんはフランス人だから、必ずまたフランスに行く。そのときのことを考えて、犯人は、フランスに隠したと思うのですよ」

と、十津川がいうと、バードは肯いて、

「その可能性はあるね。日本では、自由に拳銃は買えないようだからね。ただ、どこへ隠しておいたかが問題だね」

と、いった。

「パリで拳銃を預かるようなところはないから、パリに住む日本人に、預けたんじゃないかな」

これは、ピエールがいった。

パリには、さまざまな日本人が住んでいる。留学生、ビジネスマン、それになんとなくパリに住みついてしまった日本人である。

「最後の日本人は、金に困って、クスリに手を出したり、犯罪に走ったりする。こういう日本人なら、金さえ出せば、喜んで拳銃を預かると思いますよ」

と、ピエールはいった。

島崎やよいは、もう、そんな日本人から、拳銃を手に入れたろうか。

この日の夜も、大越夫妻は、パーティを開いた。

大越のバースデイ・パーティということだったが、フランスの警察に対する感謝の意味も、こめられていた。

パーティの会場は、ホテルの広間が使われた。

さして広くないパーティ会場である。日仏親善協会の人々やパリ警視庁の副総監、それに日本大使館の人々も出席した。

夫人の家族も、やってきた。

パリ市長やパリ警視庁の総監からの祝電も、紹介された。

それと、さまざまなバースデイ・プレゼント。

日本から、ホテル・メリディアン気付で、届けられたプレゼントもあった。

フロント係がパーティ会場に持ってきた、そうしたプレゼントは、六つにもなった。

三浦秘書が、それを一つずつ開けて、中身を紹介していった。

大越の好きなハバナの葉巻、ダイヤ入りの万年筆、カルチエの腕時計などが、一つずつ、紹介されると、その度に拍手が起きた。

五つ目の包みを開けかけた三浦は、急にそれをやめて、六つ目の包みを開けて、それを紹介した。

三浦は、「これで、終わりです」といい、そのあと、開けなかった包みを持って、十津川のところへやってきた。

青い顔で、週刊誌大で厚さが十センチほどの包みを、十津川に見せた。

「これが、おかしいんですよ」

「中身は、セーターになっていますね」

「ええ」

「どこが、おかしいんですか？」

「差出人の名前が、福原宏になっています」

「知らない人ですか？」

「いや、福原産業の社長さんで、うちの社長の友人です」

「それなら、おかしくないでしょう？」

「いや、日本を出る前に、福原さんがいらっしゃいましてね。うちの社長に、バースデイにはフランスだろうから、今、お祝いをしておくといわれて、腕時計を贈ってもらったんです。今、社長がしておられます」

「セーターを余計に贈るということは、考えられませんか？」

「そういうことをされる方じゃありません。それに、この小荷物を日本から発送したのは、福原さんが腕時計をプレゼントされた日より前になっています。もし、福原さんがこれをプレゼントされたのなら、そのとき話をされているはずです。それに、セーターにしては、重過ぎるんです」

と、三浦はいった。

なるほど、セーターにしては、重かった。

十津川の顔色が変わった。

4

十津川は、すぐ、ピエール警部を呼んで、その包みを見せた。

それからが、大変だった。爆発物処理班が呼ばれ、慎重に、包みがホテルから運び出された。パトカーが先導して、シテ島のパリ警視庁まで運ばれ、中身が検査された。

十津川たちも結果を知りたくて、バード刑事と一緒に、パリ警視庁に向かった。

一時間足らずで、結果が出た。

「中身はダイナマイトで、フタを開けると、爆発するようになっていましたよ」

と、ピエールは、十津川たちにいった。

「その威力は？」

と、バードがきいた。

「あの会場で爆発していたら、少なくとも四、五人が死に、十五、六人が負傷していたと思いますね。専門家が、そういっていました」

「とすると、これは、明らかに犯人の挑戦状ということだな」

と、バードがいった。

「三浦秘書には、どういっておくべきかな？」

と、十津川はピエールにきいた。ここは、フランスのパリ市である。なにごとも、ピエールと相談すべきだと思ったからだった。

ピエールが返事をする前に、バードが、

「それは、ミスター・大越の性格によるね。冷静な男なら、事実そのままを伝えたらいいと思う。しかし、臆病だったり、短気な男なら、いわないほうがいいね」

「それは、彼の性格もあるが、彼が、どれだけ、警察を信頼してくれるかにもよるんじゃないかな」

と、ピエールがいった。

「どういう意味だね？」

と、バードがきく。

「これが挑戦状だとすれば、二十四日からの市内見物では、必ず犯人は、ムッシュー・大越を狙うとみなければいけない。そのとき、彼が、われわれ警察を信頼してくれるかどうかだということですよ。怯《おび》えてしまったら、われわれも動きがとれなくなりますからね」

「その点、どうなのかね？」

とバードが十津川にきいた。

「ミスター・大越が、警察を本当に信用しているかどうかは、わからないね。だが、ダイナマイトのプレゼントぐらいでは、怯える人間じゃないですよ。かえって、街へ出ていく男だと思いますね」

「それなら、おれたちが、犯人を逮捕するチャンスもあるわけだ」

と、バードは嬉しそうにいった。

「犯人が拳銃を使うとなると、他人が巻き添えになることも、考えられますが」

と、十津川はいった。

「パリ警視庁としては、それがいちばん怖い。パリ市民のためにもだが、日本人のためにもね。アメリカで、今、ジャパン・バッシングが起きているが、フランスでも、その芽生えがありましてね。もし、日本人が、日本人を狙って射った弾丸で、フランス人が死傷したりすれば、日本人を追い出せという大合唱が起きるかもしれない。そんなことには、したくないんですが――」

と、ピエールはいった。

十津川は、亀井と顔を見合わせてしまった。

日本人は、勝手に、フランスとフランス人が好きで、同じように繊細な民族だとか、よく似ているとかいっているのだが、向こうは、冷静にこちらを見ているし、わけのわからない民族だと見ている点では、他のヨーロッパ人と違いはないのだろう。だから、日本人が、このパリでミスすれば、大きく取りあげられるのを覚悟しなければならない。パリ警視庁からホテル・メリディアンに戻る途中でも、十津川と亀井は、その話になった。

「もし、大越が狙撃されて、その弾丸が近くにいたフランス人に当たりそうになったら、身を挺《てい》して、防がなければいけませんね」

と、亀井が真剣な表情でいった。

「弾丸より早くは動けないが、そのくらいの気持ちで、いたほうがいいだろうね」

と、十津川もいった。

「なぜだったんでしょうね？」

急に、亀井が苦笑しながら、呟いた。

「なにがだい？」

「われわれ日本人の、フランスへの思い込みのことです。警部も、同じことを考えられたんじゃありませんか？　その錯覚に、ピエール警部の言葉が、冷水を浴びせかけたと
――」

「ああ、そうなんだよ。よく考えてみれば、われわれ日本人より、アメリカ人のバード刑事のほうが、はるかにフランス人に近いんだ。なにしろ、アメリカ人の祖先は、フランスを含めたヨーロッパ人のわけだからね。したがって、パリで日本人がミスすれば、アメリカ人がミスしたよりも、激しい反撥を受けるのが当然なんだ」

と、十津川はいった。

ホテルに戻ると、三浦が待ち構えていて、

「どうでした？」

と、きいた。

「中身は、セーターじゃなくて、ダイナマイトでしたよ」

十津川は、わざと、微笑しながらいった。

「やっぱりそうでしたか。パリで、社長を殺そうとしたわけですね。福原さんの名前を使って」

「そうです」

「犯人は、島崎やよいという女ですか？」

「多分、そうでしょう。しかし、なぜ彼女が、大越さんの行動を知っていて、このホテル気付で、ダイナマイトを送りつけてきたのか。それが、不思議です。しかも、大越さんの誕生日も知っていた」

と、亀井がきいた。

三浦は、肩をすくめて、

「そんなことは、簡単ですよ。日本紳士録を見れば、社長の誕生日が出ています。それに、大越コンツェルンの社員は、みんな、社長の今度のパリ行きのことは知っています。くわしくね。犯人は、うちの社員から、聞き出したんだと思いますね」

「なるほど」

「これから、どうしたらいいと思いますか？」

心配そうに、三浦がきいた。

「それは、大越さんの考え方次第です。すぐ日本へ帰られれば、日本では、われわれが責任を持って、身辺警護をします。パリに残られるのなら、もちろん、私と亀井刑事も警護しますが、主体は、パリ警視庁になります」

「パリの警察は、信用できますか？」

「もちろん」

「それなら、社長は予定どおり、パリで過ごされると思いますよ」

と、三浦はいった。

「ダイナマイトのプレゼントのことは、大越さんにいわれるつもりですか？」

十津川が、きいてみた。

「社長は、嘘が嫌いですのでね。ただ、たいしたものではなかった、単なる脅しだったと話します。しかし、明日の新聞には、ダイナマイトのことは、出てしまいますか？」

三浦が、きいた。

「それは、パリ警視庁に頼めば、おさえてくれると思いますよ」

「じゃあ、すぐ電話してみます」

と、三浦はいった。

彼が、パリ警視庁にどう話したかわからないが、翌二十三日の新聞に、大越の誕生パーティのことはのったが、ダイナマイトのプレゼントのことは、一行ものらなかった。

十津川は、東京に連絡をとり、西本刑事に、福原宏の名前でダイナマイトを送った人間を見つけるように指示した。

「おそらく、島崎やよいだと思うがね」

と、十津川はいった。

二十三日は、パリの大統領官邸で、盛大なパーティが開かれた。フランス政府の高官や在パリの日本人が多数招待された。

このパーティのことも、次の日の新聞に大きくのっていた。

「まるで、犯人に、自分の行動を、教えてやっているみたいなもんですね」

と、亀井が腹立たしげにいった。

「恐怖より、名誉欲のほうが強いということさ」

と、十津川は笑った。

だが、笑ってばかりはいられなかった。今日、大越は、夫人をグルノーブルの実家に行かせ、自分は三浦秘書と二人で、パリ市内を歩くといっているからである。

「今日から三日間、いつ犯人が襲ってきても、おかしくないんだ」

と、十津川は厳しい顔になっていた。

5

昼食のとき、ホテルのレストランで、十津川と亀井は、大越に会った。

「奥さんは、もうグルノーブルへ行かれましたか？」

と、十津川はきいた。

「一時間前に迎えの者がきて、車で出発しましたよ。家内も、喜んでいました」

大越は、落ち着いた声でいった。

「食事のあとは、予定どおり市内見物をされるわけですか？」

「もちろんです。私は、それを楽しみに、今回はパリに来たようなものですからね」

「今日は、どこへ行かれますか？」

と、亀井がきいた。

「午後二時にここを出て、まず、モンマルトルに行ってみたいと思っています」

「サクレ・クール寺院でも、ごらんになりますか？」

と、十津川はパリの観光地図を思い浮かべながらきいた。

「いや、私は、テルトル広場に集まっている若い画家に用があるんですよ。連中は、観光客に似顔絵を描いたりして、金をもらっていますが、中には、本当に素晴らしい画才の持ち主がいるかもしれない。できれば、そうした若い画家を見つけて、援助してやりたいと思っているんです。もちろん、どこの国の人間でもかまわない」

大越は、熱っぽくいった。

傍から、三浦が補足するように、

「社長は、隠れた絵の才能を見抜く力が、おありになるんです」

「自分では、下手な絵しか描けませんが、他人の画才は、よくわかるんですよ」

と、大越はいった。

午後二時になると、ベンツのリムジンが運ばれてきた。

「十津川さんたちにも、一緒に乗っていただきたいが、それでは、かえって気づまりでしょう」

と、大越はいい、三浦の運転でホテルを出発していった。

十津川たちも、タクシーに乗って、モンマルトルに向かった。

リムジンは、凱旋門《がいせんもん》を抜け、新しいオペラ座の横を抜けて、北に向かった。

モンマルトルは、パリ市内の北東部にある標高一三〇メートルの丘である。

頂上に、白亜のサクレ・クール寺院があり、そこへ登る石段やケーブルカーは、よく映画にも出てきて、観光の名所になっている。

サクレ・クール寺院の裏手にあるのが、テルトル広場で、大越がいったように、観光客目当ての似顔絵描きが集まり、石畳の上に絵を並べている。

大越と三浦は、石段の下に車を停めた。

登りは、ケーブルカーで行くのかと思ったが、元気に石段を登っていった。

十津川と亀井も、少し離れて、石段を登っていった。

急な石段だが、片側にガス灯風の街灯が並び、登るにつれて、パリの市街が徐々に展望されていく。

「ピエール警部やバード刑事は、どこにいるんでしょうか？」

登りながら、亀井が周囲を見廻した。

「どこかで、見張ってるさ」

と、十津川はいった。

外国人が、日本人の顔が見分けにくいように、十津川たち日本人には、外国人、ここではフランス人の顔が見分けにくい。

今、上から降りてきた青年が、パリ警視庁の刑事かもしれないし、観光客らしいカップルが、刑事かもしれないのだ。

巨大なサクレ・クール寺院の前は、観光客でいっぱいだった。

階段に腰を下ろしている者もいれば、寺院を背景に記念写真を撮っている者もいる。

もちろん日本人の顔もたくさん見えた。

十津川と亀井は、素早くその中に島崎やよいの姿を探した。視界に入る限りでは、彼女はいないようだった。

大越と三浦は、さっさとサクレ・クール寺院の横を抜けて、テルトル広場のほうへ歩いていく。

石畳の広場に入ると、ああ、映画や写真で見たことがあると思う光景が、眼に飛び込んできた。

石畳の上に、自分の描いた絵を並べている者、画架を立てて、似顔絵を描いている若い画家の卵たち。

その周辺には、古めかしいレストランやカフェが並んでいる。

観光客がひしめき、カフェのテラスに並べられたテーブルはいっぱいだった。

英語やフランス語や、ときには、日本語が飛びかって、賑やかである。

似顔絵を描いてもらいながら、大声で喋っているのは、アメリカ人のカップルらしい。

大越は、屈《かが》み込んでは、石畳の上に並べてある絵を見て歩いている。そのうちに、似顔絵描きにすすめられるままに、椅子に腰を下ろして、描いてもらい始めた。

（困った人だな）

と、十津川は舌打ちした。

まるで、標的になるために、この広場にやってきたようなものではないかと、思ったからだった。

大越の顔を描いているのは三十歳ぐらいの東洋人の画家だった。日本人かどうかわからない。

十津川は、周囲を見廻した。

まるで、原宿の竹下通りみたいに、観光客でごった返している。

その人混みの中に、首だけ出ている大男が、こちらを見ているのに気がついた。サングラスをかけたバード刑事である。

傍のカフェのテラスには、ピエール警部が腰を下ろして、大越を見つめていた。

十津川は、亀井に小声で、

「頼むよ」

と、いっておいて、ピエールの傍に歩いていった。

ピエールは、ギャルソンに声をかけ、奥から、予備の椅子を持ってこさせた。

そのあと、十津川のために、コーヒーを注文してから、

「広場には、十人の刑事を配置してあります。犯人がことを起こせば、必ず逮捕しますよ」

と、いった。

「今、ニューヨーク市警のバード刑事を見つけましたよ」

十津川がいうと、ピエールは笑って、

「彼は、大男で、やたらと目立ちますからね」

「スコットランド・ヤードも、来ていますか？」

「二十日にパリに着いていますよ。もっとも、ロンドンとパリでは、ひと飛びですから、いつでも来られますが」

「あの二人が、来ているんですか？」

「そうです。マダム・エリザベスとムッシュー・デニスです」

「ここに来ていますかね？　見当たりませんが」

と、十津川がいうと、

「二人とも、今日は、ＴＧＶに乗ってくると、いっていました。こちらは、パリ警視庁に、委せるといわれましてね」

「ＴＧＶに？」

「去年十月の事件の再検証をしたいと、いっていましたね。スコットランド・ヤードは、そういう点は粘り強いというか――」

と、ピエールはまた苦笑した。

「ほかの刑事で、来ている人はいませんか？」

「モスクワ警察の、ミハイロフ刑事がくるといっていたんですが、国内問題で忙しくなってしまったらしい」

と、ピエールがいったとき、突然、眼の前の群衆の中で、激しい爆発音がひびいた。

続けて、また一発。

悲鳴とも、歓声ともつかぬ叫び声が聞こえ、観光客が、逃げまどっている。

十津川とピエールは、爆発音のした方向に向けて、駈け出した。

広場の群衆は、どこへ逃げたらいいのかわからずに、右往左往している。

十津川とピエールは、ぶつかってくる人々を押しのけるようにして、大越に近づいた。

大越は、椅子から立ち上がり、呆然《ぼうぜん》として、突っ立っている。

亀井が、飛びつくようにして、その場に伏せさせた。

血相を変えた若い男たちが、駈け寄ってくる。ピエールの部下の刑事たちのようだった。

ピエールが、彼らに向かって、

「落ち着け！　花火だ！」

と、怒鳴った。

まだ、爆発音が続いている。十津川も、その正体が花火だと気がついた。

中国式の爆竹《ばくちく》に火をつけて、放り投げたらしい。

ピエールの部下たちが、燃えつきた爆竹を見つけて、つまみあげ、大声で、広場の観光客に落ち着くように呼びかけた。

刑事の一人が、小柄な東洋人を捕えて、カフェのところまで連れてきた。

スニーカーにジーンズ、ブルゾンという恰好で、口ひげをはやしていた。

「ポケットに、花火を持っていました」

と、刑事はその爆竹をピエールに渡した。

「名前は？」

と、ピエールがきいても、男は、ニヤニヤ笑っているだけで、答えようとしない。

若い刑事が、ブルゾンのポケット、ジーンズの尻ポケットを乱暴に調べ、中に入っていたものを、カフェのテーブルの上に並べていった。

財布、キーホルダー、それにパスポート、小銭。

ピエールは、パスポートを開いて見ていたが、

「日本人ですよ」

といって、十津川に見せた。

青木《あおき》征夫《まさお》。二十九歳となっている。

「なぜ、あんなことをしたんだね？」

と、十津川は相手にきいた。

青木征夫は、ニヤニヤ笑って、

「騒ぐのが、面白くてさ」

「そうじゃないだろう。この女に頼まれたんじゃないのか？」

十津川は、島崎やよいの顔写真を取り出して、男に見せた。

「――」

「この女は、殺人事件の容疑者だ。下手をすると、君も殺人の共犯になってしまうよ。それでもいいのかね？」

と、十津川がきくと、ニヤニヤ笑っていた青木の顔が、急にかたい表情に変わって、

「それ、本当ですか？」

「本当だよ。彼女に頼まれたんだろう？」

「ええ」

「いつ、どこで？」

「会ったのは、昨日ですよ。おれは、金が欲しかったんで、話にのったんだ。爆竹を買っておいて、モンマルトルのテルトル広場で、それを鳴らしてくれといわれたんですよ」

「鳴らすタイミングは？」

「彼女が合図したら、ということになっていたんだ」

「それで、彼女は、今、どこにいるんだ？」

「もう、いないよ。十分くらい前に、どこかへ行ってしまったんだ。あと、十分したら、爆竹に火をつけて、投げてくれといってね」

「いくら、もらったんだ？」

「五百フラン」

「突然、昨日、現われたのかね？」

「いや、二十日に会って、パリ市内を案内したんだよ。観光客の行きそうな所にね。そ

のときが最初だよ」

と、青木はいう。

十津川は、彼の言葉を、そのまま英語に直訳して、ピエールに伝えた。

「二十日には、もう、パリに来ていたわけですか」

と、ピエールはいった。

「彼女に、部屋を世話したんじゃないのか？」

と、十津川は青木にきいた。

「ああ、しばらくパリにいるというんで、おれの住んでいるアパルトマンを世話したんだ」

「住所は？」

と、きき、青木にメモさせ、それをピエールに見せた。

ピエールは、すぐ部下の一人を呼んで、そのメモを渡した。

6

パリ警視庁の刑事二人が、そのアパルトマンに駈けつけたが、すでに島崎やよいが使っていた部屋はもぬけのカラで、ボストンバッグ一つ残っていなかったということだった。

　大越のほうは、爆竹さわぎでびっくりしてしまったらしく、描きかけの似顔絵をもらって、三浦とリムジンに戻ってしまった。

　このあと、地下鉄《メトロ》に乗る予定だったらしいのだが、さすがにショックを受けたのか、まっすぐホテルに戻ってしまった。

　青木征夫は、パリ警視庁に逮捕され、ピエールに訊問されたが、十津川は、それに立ち会わせてもらった。

　青木は、コックの勉強ということで、二年前にパリにやってきたのだが、厳しい修業に音《ね》をあげて、勉強はやめてしまい、そのあと日本人観光客相手の通訳などをやって、暮らしてきたのだという。

　その間、フランス女性と同棲《どうせい》したこともあったらしい。

「彼女は、自分のことをどういっていたんだ？」

　と、ピエールは島崎やよいの写真を見せて、青木にきいた。

「ファッション・デザインの勉強にきたといっていたが、おれは、信用してなかったね」

　と、青木は肩をすくめて見せた。

「なにをやってると、思ったのかね？」

「パリに、遊びにきてると思ったよ」

「名前は、なんといってたんだ？」

「たしか立花《たちばな》ゆう子といってた。その名前のパスポートも持ってたよ。偽造？　そんなことは、おれは知らないよ」

「二十日に会って、今日まで五日間だが、その間に、彼女とどんな話をしたんだ？」

「いろいろ話したよ。市内見物をしながらね」

「拳銃の話をしてなかったかね？」

と、ピエールがきくと、青木は、ニヤッと笑って、

「一昨日《おととい》だったかな。ひとりで不安じゃないかってきいたら、ピストルを持ってるから平気だって、いってたよ。本当に持ってるのってきいたら、持ってるっていってたね」

「現物を、見たわけじゃないんだね？」

「見てないけど、いやにはっきりしてたからね。ひょっとすると、持ってるのかもしれないよ」

「市内を案内したといったが、どこを案内したんだ？」

「いろいろだよ。彼女が見たいというところを、案内したんだ」

「だから、どこだと聞いてるんだ」

「さっきのモンマルトルだろう。メトロにも乗りたいといったから、案内して、切符の

買い方なんかを教えたよ。あとは、セーヌの遊覧船に乗ったり、ルーブルを見たり、それからブーローニュの森を歩いたり、ああ、サンマルタン運河も見に行ったよ」

「そのとき、彼女は、どんな様子だったね？」

「喜んでいたよ」

「それだけかね？」

「それだけって、そうねえ。ずいぶん用心深い女だと思ったよ。やたらと出口のことを聞いたり、抜け道を調べたりしていたからね」

と、青木はいった。

十津川も、一つだけ質問させてもらった。

「彼女に、友人はいなかったかね？」

と、十津川がきくと、青木は、ちょっと考えていたが、

「そういえば、ときどき公衆電話でどこかへかけていたなあ。ひとりでパリにきたといってたのに、おかしいなと思ったのを覚えてる」

「誰にかけたか、聞いたのか？」

「聞いたよ。そしたら、日本の家族にかけたといってたね。公衆電話でも、国外へ、かけられるからね」

「それを、信じたのか？」

と、十津川がなおもきくと、青木は、またニヤッと笑って、

「いや、嘘だと思ったよ」

「なぜだね？」

「日本にかけると、一分間、約二十フランかかる。それなのに、見てたら、一フランでかけてたからね」

と、青木はいった。

ピエールは、改めて、青木に島崎やよいを案内した場所を、すべて書かせ、それをコピーして、十津川やバード刑事に渡してくれた。

第六章　逆転への戦い

1

その夜、ホテルの部屋で、十津川と亀井は、明日からのことを話し合った。

「大越専一郎が怖がって、明日から、このホテルに引き籠ってくれていると、警護も楽なんですが」

と、亀井がいった。

「いや、明日になれば、彼はまた出かけるよ。怯えていると、見られたくないだろうからね」

「島崎やよいに、仲間がいると思いますか？」

「市内電話をかけていたとすると、仲間がいると思わざるをえないがね。どんな仲間かは、わからないが」

「今日の爆竹さわぎは、なんだったんですかね？　まさか、花火で大越専一郎を殺せるとは、思っていなかったと思いますが」

「警告か、挑戦といったところかな。大越を怖がらせておいて、殺す気なのかもしれない」

「少しばかり、芝居がかっていますね」

と、亀井がいう。

「よほど、大越専一郎を憎んでいるんだろう。いっぺんに殺したんでは、あきたらなくて、まず脅したんじゃないかね。あるいは、爆竹を使って、警察がどんなふうに大越のガードをしているのか、反応を見たのか」

「あのさわぎは、嫌でも新聞に出ますし、青木が捕まったこともののりますよ。そうなると、あそこに刑事がいたことがわかってしまいます」

「それは、仕方がないだろう」

と、十津川はいった。

島崎やよいだって、大越専一郎の周辺を、警察がガードしていることは、予想していたはずである。覚悟もしているはずだった。

「スコットランド・ヤードの二人は、今日、TGVに乗ったそうですね」

「ああ、もう一度、あの列車を検証するんだそうだ」

「なにか、わかるんでしょうか？」

「さあね。なにかわかるにしても、われわれとしては、まず島崎やよいを捕えないとね」

と、十津川は自分にいい聞かせるように、いった。

「立花ゆう子という名前のパスポートを使っていると、いっていましたね」

「ああ。ピエール警部は、今度は、その名前でパリ市内のホテルを当たってみるといっていたがね。また、別の名前になっているかもしれないし、青木のような日本人を見つけて、その男のアパルトマンに転がり込んでいることも、考えられるよ」

「島崎やよいは、なかなか美人ですから、彼女のほうから声をかければ、簡単に、泊まる場所は手に入ると思いますね」

と、亀井はいった。

多分、そのとおりだろう。パリには今、さまざまな人種が流れ込んでいて、その中には、不法にとどまっている人間も多いに違いないのだ。

次に、島崎やよいが青木に案内された、パリの名所を見ていった。

モンマルトル－テルトル広場
ルーブル美術館
セーヌ川（遊覧船）

サンマルタン運河
ブーローニュの森
花市場
ポンピドーセンター広場
カルチエ・ラタン
地下鉄《メトロ》

これは青木が、思い出して書いたものである。

この中に、エッフェル塔や凱旋門が入っていないのは、島崎やよいの趣味というより、大越は、市内見物で、そうした絵ハガキ的な場所には、行かないだろうという読みかもしれない。あるいは、狙撃しにくいと思ってのことか。

「花市場というのは、パリ警視庁の北側にある広場で、日曜日を除く毎日、常設の花市が開かれると、この観光案内に出ています。日曜日は、花市に代わって、鳥の市が立つそうですが、パリ警視庁の前で、もし大越が出てきたら、狙撃する気なんでしょうか？」

と、亀井がいった。

「彼女は、かえって、大越がそんな場所なら安心していると、思っているのかもしれんよ」

「ポンピドーセンター広場というのは、なんですかね？」

「たしか、あの前の広場で、世界各国の人間がやってきて、パフォーマンスをして見せているらしい。野心に燃えた若者もいて、なかなか面白いということだ。モンマルトルのテルトル広場で、若い画家の才能を見つけようとした大越専一郎なら、ポンピドーセンター広場で、世界の若者たちのパフォーマンスを見るかもしれない。それを考えて、島崎やよいは、下見をしたんじゃないかね」

「モンマルトルは、今日、事件を起こしていますから、残るのは八つですね。大越が、この八カ所以外の所へ行ってくれると助かるんですがね。島崎やよいの下見をしていない場所なら、狙撃は難しいでしょうから」

と、亀井はいった。

「明日になったら、三浦秘書を通じて、大越を説得してみるかね」

「ほかにも、パリなら、面白い場所があると思いますが」

と、亀井はいった。

「それと、あの大きなベンツのリムジンもやめてくれれば、島崎やよいに尾行される心配もないんだがねえ。あんな目立つ車で走り廻っていたら、自分は、今、ここにいると、宣伝しているようなものだからね」

「たしかに、あの車は、目立ちますね」

と、亀井は苦笑した。

ルーブル美術館を見学するにしろ、ブーローニュの森を散策するにしろ、どこかに車をとめておくことになる。

島崎やよいにしてみたら、別に、美術館の中や森の中まで大越を尾行しなくても、ベンツのリムジンに戻ってくるのを待っていて、狙撃すればいいことになるのだ。

「もし、明日も、あのでかい車が使われるとすると、車の傍にも、刑事が立っていなければならなくなるよ」

と、十津川はいった。

翌二十五日、十津川は、三浦秘書にこちらの提案を聞いてもらった。

しかし、十津川が予想したとおり、大越は、昨日のショックから立ち直って、強気になっていて、こちらの提案は簡単に退けられてしまった。

「私も、大越コンツェルンの代表者だし、日仏親善協会の会長です。脅迫に怯えて、予定を変更したくはありません」

と、大越は、わざわざ十津川と亀井の前に出てきて、きっぱりといい、こちらが当惑していると、

「正直にいって、今度の脅迫事件には、うんざりしているんです。とにかく、去年から

ですからね。いい加減に決着をつけたいのです。そのためには、私がパリ市内を見て廻って、犯人が私を狙って出てきて、それを逮捕する。それがいちばんいいわけでしょう？　昨日は、花火でびっくりしましたが、もう平気です。ぜひ、犯人を捕えてください。私が負傷するぐらいは、なんでもありませんよ。私は、十津川さんや亀井さんを信頼しているし、パリ警視庁を信頼しているから、怖いとは思っていませんね」

「しかし、島崎やよいが、下見をした場所へ、わざわざ行くことはないと思いますが」

と、十津川はいった。

しかし、大越は、強く頭を横に振って、

「これは、私に対する犯人の挑戦でしょう。向こうが私を殺すために下見をしているのなら、その挑戦に応じて、この事件に決着をつけたいと思いますね」

「では、リムジンに、私か亀井刑事を同乗させてくれませんか」

「そうしていただけば安心ですが、それでは、犯人が用心して、出てこないでしょう。島崎やよいは、十津川さんや亀井さんの顔を知っているんだから」

「通訳ということで、パリ警視庁の刑事に同乗してもらうというのも、駄目ですか？」

「十津川さん。相手は、たかが若い女一人でしょう？　そんなに怯えていて、どうするんですか？　私にも、自尊心というものがありますからね。パリまで来て、怖がって、パリ警視庁の刑事に護衛してもらって、市内見物をしたというのでは、物笑いのタネになってしまいます。それは、絶対に我慢がなりませんよ。私はね、十津川さん。日仏親善協会の代表者として、何度か、フランス人の前で講演しましたが、そのときに、よく日本の武士道というものを話すんです。今でも、日本人の心の中に、武士道の心が残っているんですよと。その私が脅迫に怯えて、逃げ廻っていたのでは、私の話していたことが、すべて嘘になってしまうじゃありませんか。武士道とは死ぬことと見つけたりと、話していた私が逃げ廻っていたのではね――」

と、大越はいう。

「武士道ですか――」

「そうですよ。武士道です。私の家は、武士《さむらい》の家系でしてね。それが誇りでもあるんです。アナクロといわれるかもしれませんが」

「わかりました」

と、十津川はいうより仕方がなかった。

大越の考えは、電話でピエール警部にも伝えた。

「ブシドーですか」

と、ピエールはアクセントのおかしな日本語でいい、

「私も、好きですよ。英訳のハガクレを読んだことがあります。ですから、ムッシュー・大越が逃げるのは嫌だという気持ちも、よくわかります」

「しかし、相手も、武士道がわかっていればいいんですが。相手は、彼を狙って、拳銃の引き金を引くだけですからね」

と、十津川はいった。

ピエールは、電話の向こうで、クスクス笑った。

「おかしいですか？」

「日本同様、わがフランスでも、騎士道精神は、ときに戯画化されたり、はた迷惑だったりしますのでね」

と、ピエールはいってから、

「それで、ムッシュー・大越の今日のスケジュールは、決まりましたか？」

「最初は、気ままに見物して廻りたいと主張していたんですが、なんとか、ルートを決めてもらいました。午前十一時にホテルを出て、車でシャンゼリゼ通りを抜けて、シテ島に行き、花市場とノートルダム寺院を見てから、近くのカフェで軽い昼食をとり、次にメトロに乗ります。これは、ただメトロの雰囲気を味わうだけだそうで、元の場所に戻り、車で次にポンピドーセンターへ行く。センターそのものの見物じゃなくて、その前の広場で催されている大道芸を見るんだそうです。今日はこれだけで、明日はセーヌの遊覧船に乗るつもりだと、いっています」

十津川がいうと、ピエールは、それをメモしているようだったが、

「わかりました。バード刑事にも伝えておきましょう」

と、いった。

「どこも、人混みの多いところでしょう？」

「そうですね。狙うには、絶好かもしれません。群衆にまぎれて、標的のムッシュー・大越に近づけますからね」

「すると、今日が勝負かもしれません」

「その点は、同感です。今、パリ市内に住む外国人、とくに不法滞在の外国人を洗わせています。その中に、島崎やよいから拳銃を預かったり、昨日、彼女を泊めたりした人間がいるかもしれませんのでね」

と、ピエールはいった。

2

午前十一時きっかりに、大越は、三浦の運転するリムジンで、ホテルを出発した。

十津川と亀井も、タクシーでその後に続いた。

どんよりと曇っていて、肌寒い日だった。

凱旋門を通り、シャンゼリゼ通りを抜けて、リムジンはシテ島に渡った。

すぐ眼につくのは、そびえ立つ大伽藍《だいがらん》で有名なノートルダム寺院である。寺院の前の広場には、観光客があふれていた。

大越は、車を降り、三浦と一緒に中に入っていった。

十津川と亀井も、続いて寺院の中に入った。中は、驚くほど暗い。

（まずいな）

と、十津川は思った。

ステンドグラスの窓から入ってくるかすかな光と、信者がともしたローソクの明かりだけである。

そのうす暗い中を、矢印に従って、観光客がぞろぞろと歩いていく。立ち止まって、じっと祈っている若い女もいた。

十津川と亀井は、あわてて大越に近づいた。

パリ警視庁の刑事たちやニューヨーク市警のバード刑事も、どこかにいるはずなのだが、こう暗くてはわからなかった。

見物の列が窓の近くへ来ると、人々の顔が見えてくる。

その瞬間に、十津川は素早く人々の顔を見廻した。

何人かの日本人らしい顔も、眼に入った。が、その中に、島崎やよいはいなかった。

（これだけ暗ければ、狙うほうも狙いにくいだろう）

と、十津川は勝手に考えた。

幸い大越は、寺院の塔にはあがろうとはせず、すぐ外に出てくれた。

そこから、大越は、歩いて花市場に向かった。

パリ警視庁の前を通り、右に曲がると、さして広くない場所に、ぎっしりと花売りの屋台が並んでいる。

すぐ傍が、セーヌ川である。

屋台と屋台の間の狭い道路を、観光客が両側に並べられた鉢植えの花を見て歩く。花の球根やタネも売っている。

ここでも、なにも起きなかった。

大越と三浦は、リムジンに戻り、セーヌの対岸に渡り、ルーブル美術館近くで降りた。

ルーブルには入らず、二人は、リヴォリ通りへ出て、カフェに入った。

テラスに並べたテーブルの一つに腰を下ろし、三浦が何か注文している。

十津川と亀井も、テーブルの一つに腰を下ろした。フランス語で書かれたメニューは、よくわからないので、無難に、コーヒーとサンドイッチを注文した。それに、こちらへ来てから飲んでいるエビアンという水。

大越たちは、ワインを飲み、魚料理を食べ、ケーキを、さらに持ってこさせている。

「バード刑事は、どこにいるんだろう?」

と、十津川が見廻していると、

「通りの向こう側にいますよ」

と、亀井が小声でいった。

なるほど、ジーンズにブルゾン。それに肩からカメラを下げて、いかにもアメリカの観光客といった感じの男が、バード刑事だった。

彼は、アメリカ人らしく、ホットドッグを、立ったままかじっている。

ピエールは見つからなかったが、必ず近くにいるはずだった。

一時間ほどして、大越は、立ちあがると、三浦と地下鉄《メトロ》のルーブル駅に向かって歩き出した。

大越は、予定どおり、きっちり実行する気なのだ。

一九〇〇年に最初の地下鉄《メトロ》ができたというだけに、いささか古めかしい入口である。

階段をおりていくと、ちょうど、電車が着いたところなのか、どっと乗客が階段をあがってきた。

狭い階段なので、いやでも、身体がぶつかる。パリへ来るとき、フランスでは、身体が触れたら、「失礼《パルドン》」というといったが、誰もそんなことはいわない。

地下鉄は例外なのかと思いながら、十津川だけが、やたらとパルドンを繰り返しながら、大越たちを追った。

ルーブル駅のある1号線は、パリ市内を東西に走るもっとも古い路線である。シャンゼリゼ、コンコルド、パレ・ロワイヤル、バスティーユ、リヨン駅といった地点を通っている。

切符は、一等と二等に分かれていた。地下鉄に等級があるのかと思いながら、大越が一等の切符を買ったので、十津川たちも一等の切符を買った。一等が七・四〇フラン、二等は五フランである。どこまで乗っても、同じ料金である。

自動改札口を通り、シャトー・ド・ヴァンセンヌ行きのホームに向かった。バスティーユやリヨン駅へ行く方向である。

一等は、真ん中の車両なので、大越と三浦は、ホームの中央あたりに歩いていく。十津川と亀井は、ホームの端のほうで電車を待った。ホームには、島崎やよいの姿はない。

「バード刑事がいますよ」

と、亀井が小声でいった。

さっきと同じ、アメリカの観光客といった恰好で、ホームに立っていた。

電車がきた。新車も走っているということだったが、きたのは古めかしい車両だった。

ドアの前に足を運んだ。が、ドアが開かない。

大越たちは、さっさと乗ってしまう。

十津川は、あわてて、手でドアを開けた。

パリの地下鉄は、閉まるときは自動だが、開けるときは手動と、観光案内に書いてあったのを思い出したのだ。

乗り込んだとたんにドアが閉まって、電車は動き出した。

十津川と亀井は、車内を歩いて、一等車に向かった。

車体の色が違うので、一等車はすぐわかる。

時間が時間なので、二等車も空《す》いていたが、一等車は、いっそうがらがらだった。

二人は、一番端の座席に腰を下ろした。座席はボックス席である。バード刑事も、一等車に腰を下ろしていた。

他の乗客の何人かは、多分、パリ警視庁の刑事たちだろう。ピエール警部は、いなかった。

シャトレ、オテル・ド・ヴィルと停車していくが、なにごとも起きなかった。

一等車では、降りる乗客もなく、乗ってくる人もいないので、ドアは閉まったままである。

十津川が肩を叩かれて振り向くと、ピエール警部だった。二等車に乗り込み、通路を歩いてきたのだろう。

バスティーユ駅に着いた。

一等車の乗客が、一人おりた。アラブ系の顔をした男だった。

乗ってくる乗客はいない。

だが、今まで開かなかったドアが開いていることに、十津川は、急に不安になった。

しかも、そのドアの近くに、大越が腰を下ろしている。

ホームには、野球帽をかぶり、ジーンズにスニーカーで、背中に小さなリュックサックを背負った少年が立っていた。

その少年が、突然動き、開いたドアから拳銃を発射した。

一発目が射たれた次の瞬間、ドアが閉まり電車は動き出した。

弾丸は、天井に斜めに命中して、破片が飛び散った。それが、座っている大越の頭に落ちてきた。

ホームの少年は、島崎やよいの変装だったのだ。

ピエールが、素早く、非常コックを引いた。

電車が、悲鳴をあげながら、停車した。

が、一等車のあたりは、ホームから離れてしまっている。

ピエール、十津川、亀井、それにバード刑事が、いっせいに、うしろの車両に向かって走った。乗客になっていたパリ警視庁の刑事たちも、そのあとに続いた。

最後尾の車両のドアを開いて、ホームに飛び出した。

野球帽の島崎やよいの姿は、すでに消えている。

刑事たちは、出口に向かって、階段を駈けあがった。

3

地下鉄《メトロ》を出たところが、バスティーユ広場である。

フランス革命を記念した高さ五二メートルの革命記念碑が、そびえている。

ここにも、観光客があふれていた。

広場の一角には、最近オープンした、新オペラ座が建っている。

少年の恰好をした島崎やよいは、どちらへ逃げたのだろうか？

バスティーユ広場から、四方に道路が伸びている。

アンリ四世通りを行けば、セーヌ川に突き当たる。

リヴォリ通りなら、出発したルーブルである。東南へ足を伸ばせば、TGVの出発するリヨン駅だった。

ここが東京なら、すぐ非常線を張るのにと切歯《せっし》したが、ピエールが部下の刑事たちに命じて、この地区に非常線を張った。

十津川は、狙撃された大越のことも心配だったが、ピエールは、部下の刑事を一人、あの電車に残してきたから、大丈夫だといってくれた。

バスティーユ広場のある辺りは、パリ第3区である。

ここの警察署に、捜査本部が置かれるだろうと、ピエールはいった。

情報は、そこに集まるというので、十津川と亀井は、ピエールに案内されて、第3区警察署に行った。

しかし、陽が落ちても、島崎やよいは、捕まらなかった。素早く、非常線を突破してしまったのだろう。

ピエール警部は、非常線の網をパリ全地区に広げた。

午後六時になって、大越と三浦が、無事にホテル・メリディアンに戻ったと知らされた。

「ホテルには、二名の刑事を張りつけておきました。もう一度、襲われる危険がありますのでね」

と、ピエールがいった。

「私たちも、ホテルに引き揚げます。大越さんに、聞きたいこともありますから」

と、十津川はいった。

ニューヨーク市警のバード刑事も、一緒に行くというので、三人でタクシーに乗り、ホテル・メリディアンに戻った。

ホテルに入ったのは、午後七時過ぎである。一階の日本料理店「やまと」で、十津川と亀井は、おそい夕食をとった。

五日ぶりに、刺身、豆腐、焼ノリといった日本食を食べているところへ、大越と三浦が入ってきた。

十津川たちに気付いて、隣のテーブルに腰を下ろすと、大越が、

「また、皆さんのおかげで、助かりましたよ」

と、いった。

「あれは、犯人が急いで射ったので、外れただけですよ。あわてると、だいたい弾丸は上にはねてしまいます」

「しかし、あんな射たれ方をするとは、思っていませんでしたよ。多分、どこかの有名広場で、群衆の中で狙撃されると思っていたんです」

「なるほど」

「地下鉄の場合は、TGVのことがあるんで、犯人は、車内にいて、射ってくると思っていたんです。ホームから射ってくるとは、思っていなかった」

「島崎やよいは、なぜ、バスティーユの駅のホームで、待ち受けていたんでしょう？あなたが、あの電車に乗るのを、知っていたとは、思えないんですが」

亀井が、遠慮がちに、大越にきいた。

大越は、美味《おいし》そうに、刺身を口に運んでから、

「私にもわかりませんが、想像はできますよ。私が地下鉄に乗ることは、彼女は、知っていた。私が発表してしまったからね。花市場を見て、地下鉄に乗るとすれば、ルーブル駅が近い。この駅は、地下鉄1号線の駅です。それに、1号線は、一番古い地下鉄のルートです。地下鉄に乗るんなら、一番古い線に乗るだろうと、彼女は読んで、バスティーユ駅で、じっと待っていたんだと思いますよ。それに、私は、エール・フランスでも、いつもファーストクラスに乗っているから、地下鉄でも、一等に乗ると確信して、ホームの真ん中で待っていたんでしょう」

「なるほど。しかし、パリの地下鉄は、乗り降りする乗客がいないと、ドアは、開きません。もし、バスティーユでドアが開かなかったら、彼女は、どうしたんでしょうか？ドアを自分で開けてから射ったのでは、時間がかかって、われわれが気付いて、捕まえますよ」

と、亀井がいった。

「それは、私にはわからない。警察の方が、考えてくださるべきことだと思いますが」

大越が、眉を寄せていった。

「あのアラブ人だよ！」

と、十津川は突然いった。

「ああ、あの男ですか。バスティーユで降りた客ですね」

と、亀井がいう。

「そうだ。もし、あの男が、島崎やよいに金をもらって頼まれていたら、簡単だったんじゃないかね。大越さんを尾行し、一緒に地下鉄に乗り、彼女が待ち受けているバスティーユ駅で、ドアを開けて降りる。それだけのことをすればいいんだから、五百フランも払えば、喜んで引き受けるんじゃないかな」

「彼女、昨夜は、あのアラブ人のところに、泊まったのかもしれませんね」

と、亀井がいった。

そのやりとりを聞いていた三浦が、口を挟んで、

「あのアラブ人が、共犯だというんですか？」

「そう考えれば、辻褄《つじつま》が合ってくるんです」

と、十津川はいった。

「しかし、あの男を見つけ出すのは、大変でしょう？」

「そうですね。パリ警視庁に頼むとしても、顔をはっきり覚えていませんし、アラブ人らしいと思ったんですが、違うかもしれませんからね」

と、十津川は肩をすくめた。

ちょうど、そのころ、セーヌ左岸、カルチエ・ラタンにあるアパルトマンの一室が、

突然、爆発した。

4

アラブ人や、アジア系の若者が多く住んでいるアパルトマンだった。

カルチエ・ラタンは、シテ島の南の学生街である。カルチエ・ラタン（ラテン区）の意味は、昔、この辺りに住む僧侶や学生が、ラテン語を使っていたことによるといわれる。

今も、学生、とくに留学生が多く住み、学生たちの行くカフェ、レストランと共に、書店、文具店、映画館などが並んでいる。

問題のアパルトマンにも、留学生が多く住んでいた。

爆発した七階の七〇六号室には、アラブ人の若者が住んでいた。

名前はマルコ。二十五歳である。爆発が起きたとき、彼は、近くのカフェでビールを飲んでいた。

二時間ほどして、アパルトマンに戻ってみると、七階の彼の部屋は、無残に破壊されていた。それだけでなく、そこにいたパリ警視庁の刑事に、逮捕されてしまったのである。

爆発でめちゃめちゃになった室内から、若いアジア系の女性の死体が、発見されていたからだった。

マルコは、シテ島のパリ警視庁に連行された。刑事に女の死体のことをきかれると、最初は、知らないといっていたが、やがて、

「昨日、知り合った日本人だよ」

と、いった。

「名前は？」

「知らないね。お互いに、名前はいわなかったからね」

「昨日会って、どうしたんだ？」

「泊まるところがないというから、おれの部屋に泊めてやったんだ」

「その日本人が、なぜ、あんな死に方をしたのかね？」

「知らんよ。勝手に、おれの部屋をぶちこわしたんだ」

と、マルコは腹立たしげにいった。

そのうちに、破壊された部屋から、女のパスポートが発見された。壊れたコンクリートの壁や天井の瓦礫《がれき》の下にあったのである。

パスポートの名前は、島崎やよいだった。

その一時間後、午後十時五分に、十津川と亀井は、ピエール警部の連絡を受けて、パ

リ警視庁に飛んでいった。

「死体は、今、解剖のために病院へ送りましたが、なにしろ狭い部屋でダイナマイトを爆発させたわけですから、見るも無残な死体でした。身体全体が、めちゃめちゃになってしまっています」

と、ピエールは十津川にいい、見つかったパスポートを見せた。

「拳銃や男物のブルゾン、野球帽などは、見つかったんですか？」

「いや、まだです。おそらく、バスティーユから逃げる途中で、処分したものと思いますね」

「マルコというアラブ人は、なにか話しましたか？」

「口の重い男でしたが、例の地下鉄《メトロ》のことを自供しました。やはり、島崎やよいに頼まれて、ムッシュー・大越を尾行し、同じ地下鉄《メトロ》に乗り、バスティーユ駅で、ドアを開けて降りたといっていました。五百フランもらったが、まさか拳銃で射つなんて、知らなかったといっています」

と、ピエールはいった。

翌日になって、リヨン駅のコインロッカーから、拳銃と野球帽、スニーカー、ジーンズなどが発見された。

リヨン駅の鉄道のほうのコインロッカーである。

わかった。

地下鉄《メトロ》の車両の天井に射ち込まれた弾丸と照合され、凶器の拳銃に間違いないことがわかった。

死体の解剖結果も、十津川は知らされた。

爆発による内臓破裂。だが、身体の傍で爆発が起きたらしく、顔の半分は、吹き飛ばされていたともいう。

十津川と亀井は、爆発現場も見せてもらった。

ダイナマイト五、六本が使用されたと思われるといわれるだけに、両側のコンクリートの壁は剝《は》げ落ち、天井も砕け落ちて、床は瓦礫の山だった。

ところどころに、肉片と思われるものが、飛び散っている。

入口の鋼鉄製のドアも、爆風でひん曲がっていた。

「ひどいもんですね」

と、亀井は溜息をついた。

「覚悟の自殺かな」

「パリ全区に非常線が張られて、逃げられないと観念して、自殺したのかもしれません」

「それにしても、激し過ぎるね」

と、十津川はいった。

ダイナマイトを何本も持っていたのは、拳銃で大越を殺せなかったとき、それで吹き飛ばす気だったのか。

そうだとしたら、さぞ無念だったろう。その口惜しさが、こんな激しい死に方になったのか。

アラブ人のマルコは、アパルトマンの爆発に関して、次のように話した。

バスティーユ駅で降りたあと、午後四時ごろ、カルチエ・ラタンのアパルトマンに帰った。

島崎やよいが戻ってきたのは、午後五時半ごろだった。そのとき、彼女はひどく興奮して、青い顔をしていた。

二人で、近くのレストランで夕食をとった。金は、彼女が払ってくれた。

そのあと、ひとりで考えごとをしたいので、二、三時間、部屋を貸してくれといわれ、彼はカフェでビールを飲んで、時間を潰《つぶ》した。爆発したのは知らなくて、戻って、びっくりした。

島崎やよいは、小さなスーツケースを持っていたが、その中に、ダイナマイトや拳銃が入っていることなど、まったく知らなかった。

これで、島崎やよいが覚悟の自殺を遂げたことは、間違いないように思われた。

大越は、自分を守ってくれた刑事たちを、お礼に夕食に招待したいといった。

二十七日に、大越はシャンゼリゼの有名レストランの一室を借り切り、夕食にピエール警部、バード刑事、それに十津川と亀井の二人を招待した。

ピエールは、そのとき、大越に、

「スコットランド・ヤードの二人の刑事も、ムッシュー・大越に会いたいといっているんですが、行ってかまいませんか？」

と、電話できいた。

「スコットランド・ヤードのというと、たしか女性の偉い刑事さんでしたね？」

「そうです。エリザベス警視とデニス刑事です」

「そうでしたね。もちろん大歓迎ですよ」

「実は、もう一人、呼んでいただきたい刑事がいるのです。若い女性の刑事です」

「誰ですか？」

「クリスチーナ刑事です」

「ああ、思い出しました。日本の若い刑事と親しかった人ですね？」

「そうです。かまいませんか？」

「二、三人増えても、どうということはありません。賑やかなのは、大歓迎ですよ」

と、大越は上機嫌でいった。

午後六時に、レストランの二階の部屋に、十津川たちは集まった。

全員が、きちんと背広を着、ネクタイをしめていた。

クリスチーナとエリザベスは、流行のドレスを着て出席した。

大越は、秘書の三浦と並んで客を迎え、シャンパンで乾杯したあと、

「今日は、皆さんへのお礼のつもりで、ご招待しました。遠慮なく、召しあがってください」

と、挨拶した。

フランス料理が、運ばれてくる。

「どうですか。この辺で、今度の事件の検証をしてみませんか」

と、突然、ピエール警部が提案した。

三浦は、あわてた様子で、

「今夜は、楽しく、飲み、食事するために、皆さんをお呼びしたんです。事件の話では、重苦しくなってしまいませんか？」

「別に、重苦しくなるとは、思いませんがねえ」

と、ピエールは首をかしげた。

「しかし、もう終わったことですから」

「私たちは、全員、警察の人間なので、終わった事件の再検討をしたいものなんですよ」

と、ピエールがいった。

三浦が、またなにかいいかけるのを、大越が止めて、

「いいじゃないか、三浦君。われわれも、今度の事件を、もう一度、思い出してみようじゃないか。犯人が死んで、なんの心配もなく、事件を振り返れるよ」

と、いった。

「まず、私が口火を切りますわ」

スコットランド・ヤードのエリザベス警視が、ゆっくりした口調でいった。

「どうぞ」

と、ピエールが促した。

「私は、皆さんが、犯人逮捕に必死になっているとき、デニス刑事と、もう一度、TGVに乗ってきました。去年十月のあの事件に、どうも合点《がてん》がいかない点があったからです」

「どこですか？」

と、大越がきいた。

「なぜ、容疑者の手から、硝煙反応が出なかったのか？　なぜ、拳銃が2号車の棚から見つかったのか？」

「それは、もう答えが出ているんじゃありませんか。犯人は、車内の洗面所で手を洗っ

てしまったから、硝煙反応は出なかった。また、拳銃は、犯人の宇垣が放り投げたから、棚にあったわけでしょう？」

と、三浦がきれいな英語でいった。

エリザベス警視は、それには直接答えず、

「同じTGVの車両を見てきたことから、お話ししましょう」

と、いい、デニス刑事に白い紙を出させた。

デニスが広げると、横一・五メートルはある大きさで、それに、TGVの車両の図が描いてあった。

デニスが、それを壁に貼った。

「これは、事件のあったTGVの3号車です。通路両側の座席は、一列と二列で、中央に向かって、半分ずつが向き合う形になっています」

と、エリザベスがゆっくりと説明した。

「そして、この車両の端、4号車側で、事件が起きました。ミスター・大越と秘書のミス・ユキ松野が、雑誌記者のミス・マドレーヌに呼ばれて、4号車のバーに行くところだったのです。マドレーヌが先に立ち、ミスター・大越とミス・ユキが、そのあとに続いていたわけです。犯人は、背後からミスター・大越を射ち、それがそれて、ミス・ユキに命中してしまったのです」

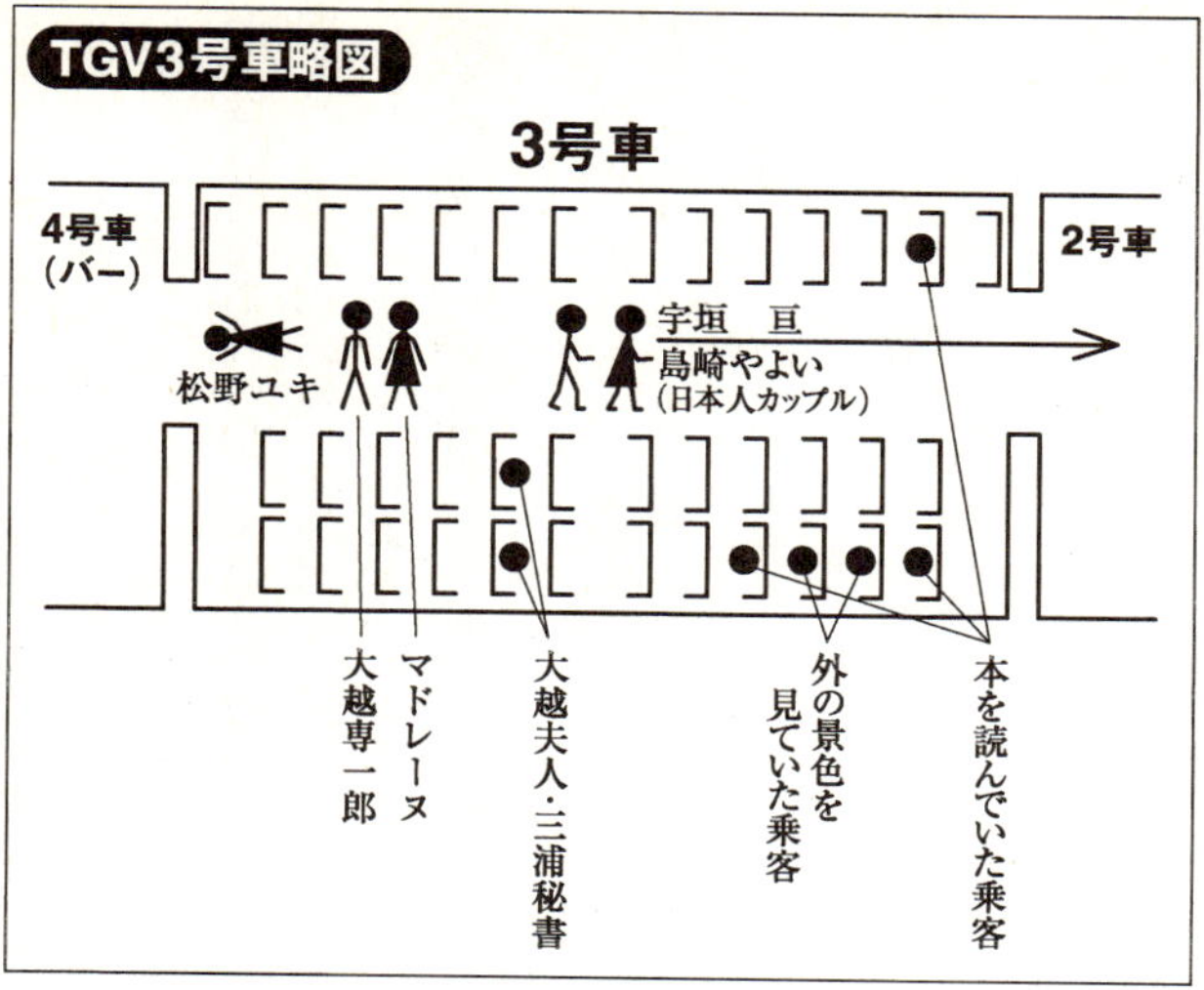

と、デニス刑事が続けた。
エリザベス警視は、赤いボールペンを使って、座席を一つ、二つと塗り潰していった。
「あのとき、3号車には、ミスター・大越とミス・ユキ以外に七人の乗客がいましたが、その人たちのいた座席には、赤丸をつけました。この七人が、果たして、事件を目撃できたかどうかを、まず検討してみました。ミセス・大越と秘書のミスター・三浦は、事件が起きた場所に背を向けていましたし、パリに着いてからのスケジュールを話していたそうですから、目撃した可能性はありませんわ。問題は、他の五人です。彼等は、4号車の方向に向いて座っていましたから、一見、目撃できると考えられそうですが、この図でおわかりのように、五人のうちの四人は、二列に並ぶ座席の窓際に腰を下ろしていました。これは、人間の心理として、どうしても、うるさい通路側より、窓際に座りたくなるものだと思いますわ。窓際に座ると、前の座席が邪魔になって、通路の前方は見にくくなります。それに、四人のうちの二人は、本を読んでいたし、あとの二人は、窓の外を見ていたことがわかりました。五人のうちの最後の一人は、一列並びの座席に座っていましたが、その人も本を読んでいたのです。もうひとつ、重視したいのは、事件のとき、通路にはあと二人の男女がいたことですわ。犯人の二人です。彼等を書き加えましょう。彼等は、車両の中央部あたりにいて、3号車を出て行こうとするミスター・大越に向かって、サイレンサーつきのコルトスペシャルで、三発射ったことになっていますわ。二発がミスター・大越の傍にいた秘書のミス・ユキに命中し、もう一発は壁に命中しました。ここで注意したいのは、この二人が通路に立っていると、彼等が壁になって、例の五人の乗客が通路の前方を見ようとしても、見にくかったに違いないということですわ」

「この二人を犯人と断定するには、いくつかの疑問があります」

と、デニスが続けて、

「第一は、もちろん、掌の硝煙反応です。車内の洗面所で手を洗ったから、反応が出なかったのだといわれています。しかし、われわれがロンドン警視庁で調べたところ、まったく硝煙反応を消し去るには、相当、根気よく手を洗わなければなりません。当然、大量の水が必要です。犯人は、3号車から逃げたので、2号車か1号車の洗面所で、手を洗ったはずです。とすると、この二つの車両のどちらかの給水タンクが、他の車両に比べて、大きく水が減っていなければ、おかしいことになります」

「私たちは、そこで、昨日、TGVに乗り、パリ・リヨン駅では、今、デニス刑事のいったことを調べてみましたわ。事件当日の記録を、見せてもらったのです。そうすると、2号車、1号車とも、給水タンクの水は、パリ・リヨン駅に到着した時点で、ほとんど減っていないのですよ。つまり、犯人は、手を洗っていなかったんですわ。もう一つは、拳銃を、なぜ、2号車の棚に捨てたかということですわ。犯人は、なぜ、3号車で狙撃したあと、その場で、3号車の棚に投げあげておいて、2号車、1号車と逃げなかったのでしょうか？　そのほうが自然ですし、3号車の乗客に、疑いを向けさせることができますわ。2号車の棚に投げ捨てたのでは、犯人は、3号車で狙撃し、2号車に逃げて、そこに拳銃を捨てたと思われ、若いカップルは、自分で、自分を容疑者にしてしまっているのですよ」

と、エリザベス警視はいった。

「つまり、若い二人の日本人は、十月の事件の犯人とは、考えられないということですか？」

と、ピエールがエリザベスにきいた。

「そのとおりですわ。あの二人は、狙撃犯人とは考えられませんわ」

エリザベスは、きっぱりといった。

5

「しかし、マダム・エリザベス。二人の日本人のうち、男のほうは、ムッシュー・大越が借金を断わったので、恨んでいたことは、東京の十津川警部が調べられています。彼は、日本で追いつめられて死にましたが、連れの女が、今回、パリまでやってきて、ムッシュー・大越をまた狙撃しているのです。去年の十月の事件で、彼らが犯人でないとすると、なぜ、男が自殺に近い死に方を、女がまたムッシュー・大越を射ったんでしょう？　それに、今回、女が使った拳銃は、去年の十月に使うために、用意したものと思われるのです」

と、ピエールはエリザベスに向かっていった。

「おれにも、いわせてくれないか」

と、手をあげたのは、ニューヨーク市警のバード刑事だった。

「どんなことですか？　ムッシュー・バード」

ピエールが、眼を向けた。

バードは、ぐるりと全員の顔を見廻してから、

「そこのスコットランド・ヤードのお二人が、疑問を提出されたんで、おれも、一ついいたい。おれは、去年の事件のとき、不覚にも拳銃を盗まれて、犯人に使われてしまった。盗《と》ったのは、女に違いないと、おれはいったが、甘い香水の匂いを覚えているからだ。ＴＧＶの事件の直後、おれも、島崎やよいに会っている。そのとき、彼女から、あの甘い香水の匂いは嗅げなかった。まさか、車内で、身体まで洗ってしまったわけじゃないだろう。シャワールームは、あの列車にはついてなかったからね」

「すると、君の拳銃を盗んだのは、島崎やよいではなかったというわけですか？」

と、ピエールがきいた。

「ああ。おれの勘でいうと、別人だね。多分、おれが嗅いだ香水の匂いは、ユキ・松野のものであり、おれの拳銃を奪ったのも彼女に違いない」

「しかし、そうなると――」

「そうさ。島崎やよいや彼女の恋人の宇垣が、おれのコルトスペシャルで、ミスター・大越を射ったというのが、どうにも納得できないんだよ」

「しかし、犯人じゃないとすると、その後のことは、どう説明できるのかね？　宇垣が死んだり、島崎やよいが、地下鉄《メトロ》で、ミスター・大越を射ったりしたことの説明がつかないんじゃないのか？　まさか、去年十月の事件と今回の事件が、まったく無関係というのじゃないだろうね？」

ピエールは、首をかしげて、バード刑事を見た。

「君の意見を聞きたいな。ミスター・十津川」

と、バードは十津川に話しかけてきた。

「正直にいって、去年十月の犯人は、宇垣と島崎やよいの二人としか、考えられませんでした。動機があるし、脅迫の手紙を何通か、大越さんに出していましたからね。そして、今回、地下鉄《メトロ》のバスティーユ駅で、車内の大越さんを射ったのは、島崎やよいに間違いないのです。となると、去年十月の犯人も、彼女と宇垣ということになってしまいます」

と、いってから、十津川は、「しかし」と続けた。

「二人が犯人とすると、おかしい点も出てくるわけです。エリザベス警視やデニス刑事が指摘された点もそうですが、私としては、日本国内における二人の経歴や行動で、おかしな点をいっておきたいと思います。まず、宇垣についてです。彼は、旅行好きの平凡なサラリーマンです。それが、ある日、ミスター・大越に、一千万円の借金を申し込みました。五十万フランです。金がなくて困っていると書いた手紙を出したわけです。ところが、それは無視されたため、彼はミスター・大越を恨み、脅迫状を送り、殺そうとしたわけです。彼が正義仮面の名前で脅迫状を送っていたことは、筆跡鑑定の結果、はっきりしています。ですから、彼が犯人であることは、はっきりしているのですが、同時に疑問も生まれました。第一は、金です。彼は、金がないので借金を申し込み、無視されました。ところが、彼は、よく海外旅行をしているのです。去年の十月、TGVで事件を起こしたときも、彼は、恋人の島崎やよいと、ヨーロッパを旅行する途中だったのです。そうした費用は、いったいどうしたのか？　別に無理な借金をした形跡もありません」

「ほかにも、ありますか？」

と、ピエールがきいた。

「もう一つだけいいたいことがあります。宇垣は、東南アジアに逃げ、さらに、また日本に戻り、結局、山の中で死体で発見されました。毒殺され、裸にされて、埋められていたのです。われわれは、恋人の島崎やよいと無理心中を図ったが、彼女のほうが死に切れず、彼を葬ったあと、復讐のために、彼女は、ミスター・大越を狙ったと思いました。しかし、そうだとすると、なぜ、恋人を裸にして埋めたのか、わからなくなってきます。彼のためにパリまで来て、復讐する。それほど愛していたのなら、日本では、彼の遺体を焼き、その墓をつくるはずですから」

と、十津川はいった。

最後に、ピエール警部が、彼の疑問を口にした。

「硝煙反応については、スコットランド・ヤードのお二人がいわれました。パリ警視庁の名誉にかけて申しあげますが、われわれの検出能力は、ほんのわずかの硝煙反応でも、見逃すことはありません。つまり、硝煙反応がなかったということは、拳銃を射たなかったということなのです。われわれは、ニューヨーク市警の協力を得て、バード刑事のコルトスペシャルについて、実射検査をやってみました。これには、バード刑事も立ち会ってくれました。その結果、弾道は、非常に安定しており、集弾能力は抜群でした。五十メートル離れた場所から、五発射って、二十センチの円内に集まりました。これを、初めて拳銃を使う人間五人に、射たせてみました。アメリカ人、フランス人、東洋人です。距離は十メートル。なぜ十メートルかといいますと、TGVの一つの車両の長さは、約二十メートルだからです。犯人は、その車両の中央より4号車寄りで、射ったと思われます。なぜなら、それより逆の2号車寄りでは、3号車の乗客に気付かれる恐れがあるからです。したがって、最大十メートル、実際には、もっと近い距離から、犯人は射ったものと思われます。そこで、十メートルの距離から、五人のアマチュアに、五発ずつ射ってもらいました。サイレンサーつきのコルトスペシャルでです。等身大の標的に向かって射った結果、外した人間は一人もいませんでした」

「しかし、ムッシュー・ピエール。TGVは、二百キロ近いスピードで走っていたわけですよ。その中で射つ場合は、違ってくるんじゃありませんか？」

と、大越がきいた。ピエールは、肯いて、

「そのとおりです。たしかに、事件は走行中の車内で起きました。そこで、同じ五人に、TGVの車内と同じ状況の中でも、射ってもらいました。これには、フランス国鉄の協力を得ました。結果は、同じでした。誰一人、標的を外していないのです」

「しかし、あのとき、犯人は外したんだ。私を射つつもりが、秘書の松野君を射って、死なせてしまった」

と、大越がいった。

「そのとおりです。だから、不思議なのですよ」

と、ピエールはいった。

6

それまで黙っていた三浦秘書が、急に口を開いた。

「これは、何なんですか？　事件が終わり、皆さんとお別れしなければならない。私や社長も、命がけだったが、皆さんも苦労された。社長は、あなた方に感謝するために、今夜、夕食に招待されたんです。もう事件の話はやめて、もう少し、楽しい話をしようじゃありませんか」

その語調には、はっきりといらだちがあった。

「だが、おれは事件にこだわりたいね。なんといっても、おれの拳銃が、一人、殺してるんだ」

と、バード刑事が大声でいった。

「やたらと、おかしい、おかしいというだけで、なんの結論も、出てこないんじゃないのかな？　それなら、時間の無駄というものですよ」

と、大越がいった。

「結論は、出そうと思えば出ますよ」

と、いったのは、ピエールだった。

大越は、ピエールに眼を向けて、

「その結論というものを、話してくれませんか」

「スコットランド・ヤードのお二人、ニューヨーク市警のバード刑事、それに日本の十津川警部、さらに私が口にした疑問をまとめて、一つの結論を出すと、こういうことになってきます。去年の十月の事件で、宇垣と島崎やよいの日本人カップルは、射ってはいない。それに、犯人が狙ったのは、ムッシュー・大越ではなく、死んだマドモアゼル・ユキである。近距離から射たれた状況からみて、犯人はムッシュー・大越しか考えられない。ユキをそそのかしてバードの拳銃を盗ませ、射ったのだ。これが、結論です」

と、ピエールはいった。

「どうもよくわからないんだが、それでは、私に対する執拗な脅迫は、なんだったんですか？　それに、なぜ私が秘書の松野君を、殺す必要があると、いうんですか？」

と、大越が反論した。

それに続けて、三浦が、

「今のピエール警部の結論では、十月の事件は説明できても、今回の事件の説明はつかないんじゃありませんか。TGVの車内で、松野ユキ君が狙われていたんだとすると、犯人は目的を達したわけだから、今回、何も起きないのが、当然でしょう？　それなのに、また、社長は狙われました。これをどう説明されるつもりですか？」

と、きいた。抗議と呼ぶのがふさわしい、強い口調だった。

ピエールは、十津川に眼を向けて、

「今度の事件の原因は、すべて日本国内にあると思います。それで、ムッシュー・十津川に、できればこの事件を解明していただきたいんですが、どうですか？」

「私で、いいですか？」

と、十津川はきき返した。

「どうぞ。もともと、これは、日本の警察の事件と思いますのでね。こちらへ出てきて、話してください」

と、ピエールは手招きした。

十津川は、メモ用紙に素早く書いて、それを亀井に渡した。

〈東京の西本刑事に電話してくれ。頼んでおいた調査が、すんでいるころだ〉

亀井は、そのメモを見て、肯いて、部屋を出ていった。

十津川は、立ち上がって、中央へ出ていった。

「今、ピエール警部が、去年の十月に起きた事件についていわれたことは、私も同感なのです。狙われたのは、ミスター・大越ではなく、最初から、秘書の松野ユキさんではなかったのかということです。では、彼女が、最初から狙われ、殺されたとして話をすすめます」

と、十津川はいった。

大越は、何かいいかけたが、やめてしまった。

十津川は、言葉を続けた。

「では、彼女を狙った犯人は、誰なのか？　そのとき、3号車にいた人間で、しかも殺す動機の持ち主でなければなりません。3号車にいたのは、座席についていた七人の乗客がまずいますが、そのうち、五人は、フランス人で、日本人の松野ユキを殺す動機がありません。宇垣と島崎やよいは、射てる位置にいましたが、硝煙反応で、シロになります。大越さんを迎えにきたフランスの雑誌記者も、動機がありません。大越夫人と三浦秘書は、動機はあるかもしれませんが、硝煙反応で、シロとなります。となると、残るのは、ミスター・大越一人になってきます。社長と秘書ですから、動機はあり得るし、3号車にもいた。つまり、ミスター・大越が、犯人ということです」

「ちょっと待ってほしい」

と、大越は笑いながら、十津川の話をさえぎった。

「私を犯人にするのは、かまいませんよ。なにをどう考えるのも、自由ですからね。しかし、私を犯人とすると、少なくとも、三つの疑問が生まれてくる。それをクリアしてほしいね」

大越は、鮮やかな英語でいった。

十津川も、英語で、

「どうぞ。いってください」

「第一は、私に対する何通もの脅迫状だ。あれをどう説明するんですか？　第二は、私もパリ警視庁で、硝煙反応の検査を受けていることを、忘れているんじゃありませんか？　シロの結果が出たんですよ。第三は、もし、私が犯人だとすると、私は、3号車を出ていないから、凶器の拳銃は、3号車のどこかに、なければおかしい。ところが、拳銃は、2号車の棚で見つかったんですよ。これをどう説明するんですか？」

と、大越はきいた。

「脅迫状の件は、あとで説明するとして、他の二点について、お答えしましょう。たしかに、あなたも硝煙反応の検査は受けられた。ただ、あなたは、射たれた松野ユキが倒れたとき、すぐ彼女を抱きあげています。彼女の背中から血がふき出していたから、あなたの両手は、たちまち血でべとべとになりました。それでもかまわず、あなたは、彼女を抱いていた。優しい社長という光景でしたが、本当は、掌に血をこすりつけていたわけですよ。そうすれば、パリ警視庁へ着いてから、手を洗う口実ができますからね」

十津川がいうと、ピエール警部がそれを受けて、

「ムッシュー・十津川のいうとおり、パリ警視庁に着いてから、ムッシュー・大越は、血で汚れた両手を洗いたいといわれた。私は、彼が犯人とは思わないので、洗面所に案内しました。彼は、そこで入念に両手を洗い、そのあと、硝煙反応の検査を受けたんです」

「では、次の疑問に答えます」

と、十津川はいった。

「拳銃のことです。たしかに、大越さんは、3号車から動いていません。だが、凶器の拳銃は、2号車の棚から見つかっている。この謎への解答は、一つしかありません。共犯がいたということです。まず、ミスター・大越は、サイレンサーつきのコルトスペシャルを持って、チャンスを狙っていました。そこへ、フランスの女性ジャーナリストが取材したいので、隣りの4号車のバーへきてくれといってきた。チャンスです。秘書の松野ユキさんも、通訳ということで、一緒に席を立った。女性記者が先に立つ。その次に松野ユキさんを行かせておいて、あなたは、背後から射ったんです。二発を背中に命中させ、もう一発を、わざと外して射った。もちろん、ハンカチかなにかで、指紋を消しておいてです。あとは、拳銃の処置です。そこへ、都合よく、日本人の若いカップルが、3号車に来ていました。あなたは、彼らに、素早く拳銃を渡したのです。二人は、ハンカチごと拳銃を受けとると、急いで3号車を出て、2号車に入り、棚にそれを投げ捨てたわけです。二人が犯人なら、むしろ、3号車に捨てておくでしょう。そのほうが、3号車の乗客に、疑いが向けられますからね。しかし、大越さんのためとなると、話は別です。3号車に捨ててはならなかったんですよ。そう考えると、事件のとき、二人が3号車にいたのは、偶然ではなくなります。おそらく、早くから3号車にきて、じっと大越さんの合図を待っていたんだと思いますね。それに、もうひとつ彼等には役目が与えられていた。それは、ミス・エリザベスがいわれたように、通路に立って、他の乗客から犯人をかくすことです」

と、十津川はいった。

「私の第一の疑問には、答えないつもりかね？」

と、大越がきいた。

7

十津川は、落ち着いていた。

ただ、英語で、うまく説明できているかどうかだけが、心配だった。

「では、第一の疑問に答えます」

と、十津川はいった。

「うまく答えられるとは、思えないがね」

と、大越がいう。

十津川は、正直に、

「これからの話は、私の推理です」

と、断わってから、

「大越社長と松野ユキさんとは、関係があったと、私は思っています。最初は、別にそれだけだったが、次第に、彼女の要求が大きくなってきた。あるいは、奥さんと別れてくれと、彼女がいい出していたのではないか。大越さんにしてみれば、それは、できない。奥さんは、フランス人だし、下手にこじれると、信用問題になってくる。なんといっても、日仏親善協会の会長ですからね。そこで、大越さんは、松野ユキを殺すことを考えるようになった。だが、ただ彼女を殺したのでは、疑いは自分にかかってくる。どうしたらいいかと、考えているところへ、たまたま宇垣が一千万円の借用を頼んできたのです。大越さんは、彼を利用することを考えました。宇垣に会い、脅迫状を書いてくれるように、頼んだのだと思います。自分が、誰かに命を狙われているという状況をつくり出すわけです。宇垣は、大越さんから金をもらい、正義仮面の署名で、脅迫状を書きました」

十津川は、そこで一息ついて、また話を進めていった。

「去年の十月、大越夫妻は、フランスへ行くことになりました。秘書の二人もです。大越さんは、計画を実行するチャンスがきたと考えました。宇垣にも、イタリアからフランスに入り、十月十七日の午後、グルノーブルから、パリ行きのＴＧＶに乗るようにいったのです。細部も打ち合わせたと思いますね。宇垣は、恋人の島崎やよいと打ち合わせどおり、十月十七日の午後、イタリア側から、グルノーブルに入り、同じTGVに乗ったわけです。そして、3号車での事件が起きたのです。一応、宇垣たちは、疑われるが、実際には射っていないわけですから、逮捕されることはない。そう、大越さんは、宇垣にいっていたと思いますね」

「それと、今回の事件とどう結びついてくるのかね？」

と、大越はやや青白くなった顔できいた。

「計画どおり、松野ユキさんは、亡くなりました。大越さんの予想したとおり、犯人は大越さんを狙ったのに、その弾丸が外れて、彼女が死んでしまったと、世間も警察も、考えました。うまくいったのです。しかし、困ったこともできてしまいました。それは、犯人が大越さんを狙ったのなら、それに失敗した以上、もう一度、狙わないとおかしいと、世間は思うのではないかということが一つ。もう一つは、われわれが、宇垣と島崎やよいに疑いの眼を向けたことです。宇垣が自供したら大変です。そこで、大越さんは、どうしたか？」

「なにもしていませんよ。私は、犯人ではないんだから」

と、大越はかたい表情でいった。

十津川は、かまわずに、自分の考えを話していった。

「まず、宇垣を、東南アジアに逃がしました。もちろん、金は大越さんが出したはずです。しかし、帰ってくれば、警察に逮捕されてしまう。そこで、東南アジアに行ったことにして、すぐ、帰国させ、日本国内に隠れさせたのです。われわれは、てっきり東南アジアへ行っていると思っていたので、狼狽《ろうばい》しました。われわれがまごまごしている間に、宇垣はすでに毒殺されて、埋められてしまっていたのです。最初、私は、島崎やよいと二人、追いつめられて、無理心中をしようとして、男のほうだけ、死んだと考えていたのですが、十月の事件の犯人が、大越さんだとすると、この考えも違ってきます」

「どう、考えるようになったのですか？」

と、これはピエールがきいた。

「少し飛躍しすぎるかもしれないが、こう考えるようになったのです。宇垣と島崎やよいの仲が、去年の事件以降悪くなっていたのではないか。宇垣が彼女を連れずに、ひとりで東南アジアに逃げてしまったりしているからです。大越さんは、素早くそれを見ぬいて、彼女を買収したのです。買収という言葉は、おかしいですが、大金を与えて、宇垣を裏切らせたんだと思いますね。宇垣を毒殺し、埋めました。これで、宇垣の口は、封じました。あとは、脅迫のことです。自分に対する脅迫は、続かなければいけないからです。それを、今度は、島崎やよいに金を与えて、やらせることにしたのです」

「なるほど」

と、ピエールが相槌《あいづち》を打ってくれた。

十津川は、それに励まされる恰好で、

「われわれは、島崎やよいが、死んだ宇垣の仇討ちに、大越さんを狙っているのだと思いました。それで、大越さんが、再度、パリを訪れたとき、ホテルにまで、ダイナマイト入りの小包を届けさせました。あれは、前もって、大越さんが用意し、東京を出発する直前に、郵便局に持っていったのだと思いますね。警察は、まんまとだまされて、大越さんの警護に全力をつくしたのです。一方、島崎やよいは、別人の名前で、パリに来ていました。日本人のところに泊まったり、アラブ人のマルコのアパルトマンにもぐり込んだりしていました。その日本人によれば、彼女は、ときどき市内のどこかに、電話をかけていたということです。今になると、あれは、ホテル・メリディアンの大越さんに、連絡をとっていたのだと思いますね。狙撃する場所を打ち合わせていたんです。そうでなければ、地下鉄《メトロ》のバスティーユ駅で、あんなにうまくぶつかれるものではありません」

「同感だ」

と、バード刑事が大声でいった。

8

「事は、大越さんの計画どおりに、進行しました。メトロで、大越さんは狙撃され、犯人の島崎やよいは、アラブ人のアパルトマンで爆死して、すべてが終わりました」

と、十津川はいった。

「それじゃ、いけないんですか？」

と、三浦秘書がきいた。

「島崎やよいは、大越さんに金をもらって、筋書どおりの芝居をしたんです。それが、自殺するはずがないと思うのです」

十津川は、冷静にいった。

「では、死んだのは、島崎やよいではないと、いわれるんですね？」

と、ピエールがきいた。

「そうです。爆死したのは、彼女ではないと思いますね」

「しかし、パスポートがありましたよ」

「あれも、わざと残したものでしょう」

「じゃあ、死んだのは、誰なんですか？」

と、ピエールがきいた。

十津川は、微笑して、

「ムッシュー・ピエールにも、もうおわかりになっているんじゃありませんか？」

「そうですね。彼女は、パリで、立花ゆう子という名前を使っていました。とすると、アパルトマンで爆死したのは、ホンモノの立花ゆう子ということになりますかね」

と、ピエールはいった。

「実は、私もそう考えたのです。島崎やよいは、パリに入ってから、デザイン研究にきた立花ゆう子と、知り合ったんじゃないでしょうか。そして、彼女の名前を使った。狙撃のあと、彼女は自殺したことにしようと考えた。アラブ人のマルコに、二、三時間、外に出てくれといってから、島崎やよいは、立花ゆう子を呼び寄せたんではないでしょうか。そして、殴って、気絶させ、相手のパスポートを奪い、ダイナマイトの導火線に火をつけて、アパルトマンから飛び出した。ダイナマイトは爆発し、顔もわからぬ女の死体が見つかり、島崎やよいのパスポートが見つかったというわけです。地下鉄《メトロ》での狙撃のことがあるので、島崎やよいが、観念して、自殺したと考えたのですが」

と、十津川はいった。

「すると、本モノの島崎やよいは、立花ゆう子のパスポートを持って、逃げているというわけですね？」

ピエールが、きいた。

「それに、大越さんが与えた大金も、持っていると思いますよ」

と、十津川はいった。

ピエールとバードが、いっせいに、大越を見た。

大越は、手を振って、

「冗談じゃない。ひどいいいがかりだ。私は、フランスにも知人が多いし、日本には、有力者の知人がいる。警察にもだ。なんの証拠もなく、私を犯人のようにいうのは、名誉毀損《きそん》だ」

「今のところ、証拠はないが、私は確信していますよ」

と、十津川はいった。

「私はね。警視総監にいって、あんたを馘《くび》にすることもできるんだよ」

大越は、脅かすようにいった。

十津川は、亀井に眼をやった。亀井は、十津川の傍にきて、メモを渡した。

「西本刑事が、ちゃんと調べてくれていました」

と、亀井はいって、自分の席に戻っていった。

「大越さん」

と、十津川はまっすぐに大越を見つめた。

大越は、一瞬、ひるんだような眼になったが、

「なんだね？」

「私の部下が、東京で、いろいろと調べてくれましたよ。それを、これから申しあげま

しょう。去年の十月に殺された松野ユキさんですが、二年前に、大越さんの秘書になっていて、一年後に、半月間、休んでいます。この休暇の件を調べたところ、実は、横浜の病院で、中絶手術を受けていることがわかりました。彼女は、このとき、相手は、社長の大越さんだと、親しい友人にいっていたそうです」

「嘘だ！」

と、大越が叫んだ。

が、十津川は、どんどん話を先に進めていった。

「このとき、松野ユキさんの銀行の口座に、百万円が振り込まれ、以後、毎月五十万円ずつ振り込まれています。振り込んだ人物の名前は、三浦弘。つまり、三浦秘書の名前になっています。もちろん、三浦さんが大越社長に頼まれて、毎月、彼女の口座に振り込んでいたんだと思いますよ。会社のトップと女子社員のスキャンダルというのは、よくある話ですが、大越さんの場合は、条件が普通と違っています。まず、奥さんがフランスの名門の出身だということで、スキャンダルが国際的なものになってしまう恐れがあること、第二は、大越さんが、文化事業に寄附したり、日仏親善協会の会長になったりして、高級なイメージで売ろうとしていたことです。そこに、もし、スキャンダルが公けになってしまうと、イメージダウンは避けようがないわけです。大越さんとしては、なんとしても、それを避けたかったに違いありません。だが、逆に松野ユキさんの要求は、大きくなっていった。去年の七月ごろですが、彼女が親しい友人に『社長さんと、結婚したいと思っている。あんなフランス人の奥さんに、満足のはずがない』と、いっています。そこまで、いっていたわけです。とすれば、大越さんにしてみれば、松野ユキさんの口を封じるより、仕方がなくなったに違いありません」

「勝手な推測でしかない。証拠は、あるのかね？　なければ、君を、帰国し次第、告訴するよ」

と、大越はわざと押えた声でいった。

十津川と大越の間で、睨《にら》み合いのような空気が生まれた。

三浦秘書は、ただ、おろおろしている。

その重苦しい空気を破ったのは、ピエール警部だった。

「ちょっと、失礼」

と、ピエールはいい、ドアのところから、顔を出している若い刑事のところへ、ゆっくり歩いていった。

なんとなく、みんなが、ピエールの動きを追っていた。

ピエールは、若い刑事から、なにか聞いていたが、また、ゆっくりと、自分の席に戻った。

「報告します。今、ドゴール空港で、立花ゆう子のパスポートを持った女を逮捕したそうです。彼女が島崎やよいであれば、この事件は、解決したことになります。今、空港で訊問中ですので、間もなく、すべてがわかると思いますよ」

と、ピエールがいった。

それを聞くと、急に、大越が立ち上がった。

「時間がかかりそうだから、私は、ホテルに帰っていますよ」

「私も、帰ります」

と、三浦秘書もいった。

ピエールは、そんな二人を、じっと見つめて、

「結果が出るまで、待っていてください」

「あなたに、そんな権利があるとは、思えないね」

と、大越はいい、部屋を出ていこうとした。

その前に、大男が立ちはだかった。身長二メートル近いバード刑事だった。

大越は、青ざめた顔になって、

「なにをするんだ？」

と、英語で叫んだ。バードは、大越の肩をつかんで、

「おれは、あんた方を、身体を張って、ガードしてきたんだ。都合が悪くなったからって、逃げ出すのかね？」

「逃げるわけじゃない」

「それなら座っているんだ。ミスター・大越」

と、バードはいった。

大越と三浦は、彼に威圧されたみたいに、自分の席に戻った。

三十分ほどして、また、パリ警視庁の若い刑事が顔を出した。

ピエールは、満足そうに、彼から話を聞いていたが、みんなに向かって、

「今、予期された連絡がありました。やはり、島崎やよいだったそうです。それから、今、すべてを、自供し始めているようです。去年の十月、警視庁の白井刑事を殺したのは、宇垣だとわかりました。十八日の夜、宇垣は、三浦秘書から、礼金を受けとるために、ホテルを出たところを、白井刑事に尾行され、殺して、セーヌ川に投げ込んだそうです」

「やはり、そうだったんですか」

十津川は、ちらりとクリスチーナを見ていった。

ピエールは、三浦に眼をやって、

「どうやら、あなたも、事件に関係していたようですね」

「社長の命令で、仕方なく従っていたんです」

と、三浦は悲鳴に近い声をあげた。

「ムッシュー・大越。あなたを、逮捕しなければなりませんね」

ピエールは、重い声でいったが、すぐ続けて、

「日仏親善協会の会長を、逮捕しなければならないのは、まことに残念ですよ」

と、いった。

単行本　一九九〇年七月　カッパノベルス刊
一次文庫　一九九三年十二月　光文社文庫刊

文春文庫

パリ発殺人列車《はつさつじんれつしや》 十津川警部《とつがわけいぶ》の逆転《ぎやくてん》

定価はカバーに
表示してあります

2005年4月10日 第1刷

著　者　西村京太郎《にしむらきようたろう》

発行者　庄野音比古

発行所　株式会社 文藝春秋

東京都千代田区紀尾井町3-23　〒102-8008
TEL 03・3265・1211
文藝春秋ホームページ　http://www.bunshun.co.jp
文春ウェブ文庫　http://www.bunshunplaza.com

落丁、乱丁本は、お手数ですが小社営業部宛お送り下さい。送料小社負担でお取替致します。

印刷・凸版印刷　製本・加藤製本

Printed in Japan
ISBN4-16-745427-0

十津川警部、湯河原に事件です

Nishimura Kyotaro Museum

西村京太郎記念館

■1階　茶房にしむら

サイン入りカップをお持ち帰りできる京太郎コーヒーや、ケーキ、軽食がございます。

■2階　展示ルーム

見る、聞く、感じるミステリー劇場。小説を飛び出した三次元の最新作で、西村京太郎の新たな魅力を徹底解明!!

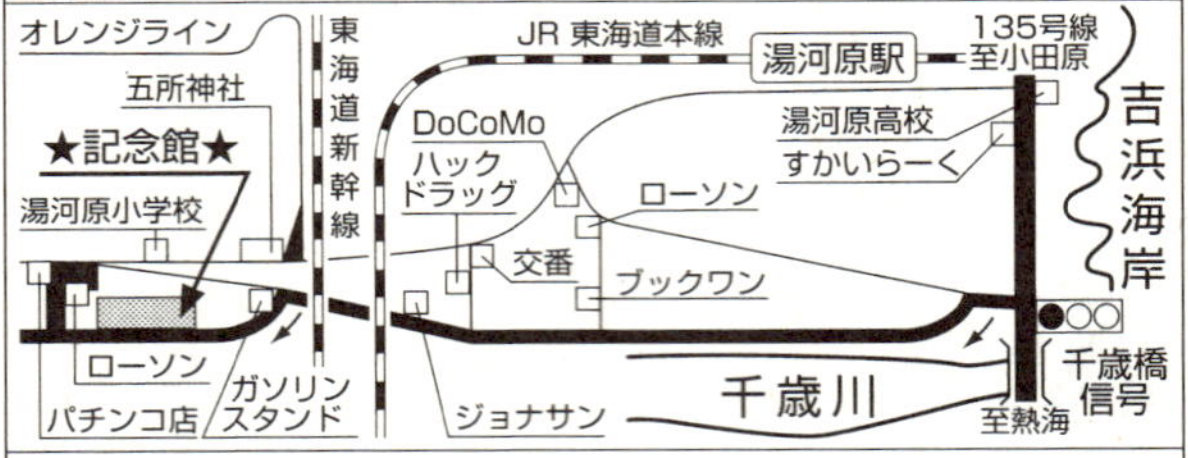

■交通のご案内

◎国道135号線の千歳橋信号を曲がり千歳川沿いを走って頂き、途中の新幹線の高架下もくぐり抜けて、ひたすら川沿いを走って頂くと右側に記念館が見えます

◎湯河原駅よりタクシーではワンメーターです

◎湯河原駅改札口すぐ前のバスに乗り［湯河原小学校前］で下車し、バス停からバスと同じ方向へ歩くとパチンコ店があり、パチンコ店の立体駐車場を通って川沿いの道路に出たら川を下るように歩いて頂くと記念館が見えます

●入館料／500円（一般）・300円（中・高・大学生）・100円（小学生）

●開館時間／AM9:00〜PM4:30（入館はPM4:00まで）

●休館日／毎週水曜日（水曜日が休日の場合その翌日）・年末年始

〒259-0314 神奈川県湯河原町宮上42-29

TEL：0465-63-1599　　FAX：0465-63-1602

西村京太郎ホームページ

http://www4.i-younet.ne.jp/~kyotaro/

文春文庫

西村京太郎の本

（　）内は解説者

恨みの三保羽衣伝説
西村京太郎
新宿駅で西本刑事に手渡された手紙にミス羽衣と名乗る女から救いを求めるメッセージが。三保松原に飛んだ西本だが女はすでに死亡していた。円熟のトラベル・ミステリー集。（郷原宏）
に-3-14

愛と悲しみの墓標
西村京太郎
独身実業家が殺され、三人の愛人に容疑がかけられた。やがて莫大な遺産を巡って第二、第三の悲劇が。会津と日光を舞台に十津川警部が活躍する長篇トラベル・ミステリー。（郷原宏）
に-3-15

恐怖の海　東尋坊
西村京太郎
十津川警部の部下日下刑事の留守番電話に、夜ごと奇妙なメッセージが入るが、それは既に殺された被害者のものだった！表題作ほか、傑作ミステリー全四篇収録の短篇集。（山前譲）
に-3-16

十津川警部「友への挽歌」
西村京太郎
十津川警部の自宅に、大学時代の友人からかかった電話は、二発の銃声とともに途切れた。トカレフを持った殺人鬼は彼なのか？　十津川警部の活躍を描く傑作推理長篇。
に-3-17

青に染まる死体　勝浦温泉
西村京太郎
紀伊勝浦で発生した溺死事件。容疑者のアリバイの証人は十津川の部下、日下刑事だった――。表題作他、「愛と死　草津温泉」「友の消えた熱海温泉」「偽りの季節　伊豆長岡温泉」を収録。
に-3-18

浅草偏奇館の殺人
西村京太郎
戦争の影が忍び寄る昭和初期の浅草六区。「偏奇館」で起こった踊り子連続殺人事件の真相を尋ねて、私は五十年ぶりに浅草を訪れたのだが……。渾身のミステリー巨篇。（阿部達児）
に-3-19

（　）内は解説者。品切の節はご容赦下さい。

東野圭吾
予知夢
十六歳の少女の部屋に男が侵入し、母親が猟銃を発砲。逮捕された男は、少女と結ばれる夢を十七年前に見たという。天才物理学者が事件を解明する、人気連作ミステリー第二弾。（三橋暁）
ひ-13-3

平岩弓枝
湖水祭（上下）
ノルウェイで出会った謎の女性に再会した日から、長谷兵庫は建築会社の社長一族にまつわる奇怪な殺人事件にまきこまれる。白夜の北欧に展開するミステリー・ロマン。（伊東昌輝）
ひ-1-38

藤田宜永
巴里《パリ》からの遺言
放蕩生活を送った祖父の足跡を追って僕はパリにやってきた。娼婦館、キャバレー、パリ祭……。70年代の魔都のパルファンを余すところなく描いた日本冒険小説協会最優秀短篇賞受賞作。
ふ-14-2

藤原伊織
てのひらの闇
20年前に起きたテレビCM事故が、二人の男の運命を変えた。男は、もう一人の男の自死の謎を解くべく孤独な戦いに身を投じる……。傑作長篇ハードボイルド待望の文庫化。（逢坂剛）
ふ-16-2

宮部みゆき
我らが隣人の犯罪
僕たち一家の悩みは隣家の犬の鳴き声。そこでワナをしかけたのだが、予想もつかぬ展開に……。他に豪華絢爛「この子誰の子」「祝・殺人」などユーモア推理の名篇四作の競演。（北村薫）
み-17-1

宮部みゆき
とり残されて
婚約者を自動車事故で喪った女性教師は「あそぼ」とささやく子供の幻にあう。そしてプールに変死体が……。他に「いつも二人で」「囁く」など心にしみいるミステリー全七篇。（北上次郎）
み-17-2

文春文庫

ミステリー

（　）内は解説者。品切の節はご容赦下さい。

阿刀田高

不安な録音器

人生の斜面を下りはじめた男のとめどない憂愁の中に、ふと立ちあらわれる過去の記憶。「聖夜」「黄色い窓」他、日常の喧騒から曖昧に浮かぶ不思議な時を十篇の連作で紡ぐ。（阿川佐和子）

あ-2-18

阿刀田高

面影橋

十二人の男女が「橋」に佇むとき、歳月が過去にかけたベールがはがれおち何かが起こる。出会いと別れ、心理の曖昧さを描き、節目に立つ人々の視線を捉えた連作短篇集。（菊間千乃）

あ-2-19

阿刀田高

メトロポリタン

大都会に生きる人々を主人公に、家族の絆、ほのかな恋情など、平凡な日常に垣間見る人の心の不可思議さを描いた連作集。元旦にはじまりジングル・ベルで終わる十五の物語。（藤田宜永）

あ-2-20

阿刀田高

鈍色の歳時記

ティルームでみた花の絵の中に描かれた女は私？　画中の出来事に胸騒ぎをおぼえる女客「黄水仙」、夫の命日を前に虫の音に思い当たる妻「鉦《かね》叩き」。十二の季語の短篇集。（宮部みゆき）

あ-2-21

連城三紀彦

暗色コメディ

もう一人の自分。一瞬にして消えたトラック。自分の死に気づかない男。別人にすり替わった妻。四つの狂気が織りなす幻想のタペストリー。本格ミステリの最高傑作！（有栖川有栖）

れ-1-14

若竹七海

依頼人は死んだ

婚約者の自殺に苦しむみのり。受けていないガン検診の結果通知に当惑するまどか。決して手加減をしない女探偵・葉村晶《あきら》に持ちこまれる事件の真相は少し切なく、少し恐い。（重里徹也）

わ-10-1

文春文庫

ミステリー

（　）内は解説者。品切の節はご容赦下さい。

北方謙三
擬態
四年前、平凡な会社員立原の躰に生じた、ある感覚……。今や彼にとって人間性など無意味なものでしかなく、鍛え上げた肉体は凶器と化していく。異色のハードボイルド長編。（池上冬樹）
き-7-7

西村京太郎
風の殺意・おわら風の盆
沖縄で起きた殺害事件を追う十津川警部は、事件が富山県八尾の祭り「おわら風の盆」に絡むことを知る。胡弓の音が響く町で、事件の秘密とそれを隠蔽しようとする陰謀が明らかにされる。
に-3-26

貫井徳郎
神のふたつの貌《かお》
牧師の息子に生まれた少年の無垢な魂は、一途に神の存在を求めた。だが、それは恐ろしい悲劇をもたらすことに……。三幕の殺人劇の果てに明かされる驚くべき真相とは？（鷹城宏）
ぬ-1-1

樋口有介
魔女
就職浪人の広也は二年前に別れた恋人・千秋の死を知る。彼女は中世の魔女狩りのように生きながら焼かれた。事件を探る内に見えてきた千秋の正体とは。長篇ミステリー。（香山二三郎）
ひ-7-3

東野圭吾
片想い
哲朗は、十年ぶりに大学の部活の元マネージャー・美月と再会。彼女が性同一性障害で、現在、男として暮らしていると告白される。しかし、美月は他にも秘密を抱えていた。（吉野仁）
ひ-13-4

船戸与一
新宿・夏の死
バブル崩壊後の日本の混沌と閉塞を象徴する街・新宿。真夏の灼熱のなか、そこでうごめく人間たちが直面する苛酷な現実。「夏の残光」「夏の曙」など異色中篇八本を収録。（関口苑生）
ふ-23-1

文春文庫　最新刊

パリ発殺人列車　十津川警部の逆転　西村京太郎

蒼《そう》龍《りゅう》　山本一力

文壇　野坂昭如

神かくし　南木佳士

武田信玄　風の巻／林の巻〈新装版〉　新田次郎

航海者　三浦按針の生涯　上下　白石一郎

昭和史発掘　2〈新装版〉　松本清張

くんずほぐれつ　齋藤孝

阿川佐和子のワハハのハ　この人に会いたい4　阿川佐和子

小さなスナック　ナンシー関／リリー・フランキー

シンプル・リーダー論　命を懸けたV達成への647日　星野仙一

秀《ひで》さんへ。　息子・松井秀喜への手紙　松井昌雄

為替がわかれば世界がわかる　榊原英資

団塊の世代　新版　堺屋太一

40前後、まだ美人？　若くなくても、いいじゃない　岸本葉子

カヌー犬・ガクの生涯　ともにさすらいてあり　野田知佑

総理の値打ち　福田和也

物情騒然。　人生は五十一から④　小林信彦

君《チュン》玲《リン》　継母に疎まれた娘　アデリン・イェン・マー　山田耕介訳

二度失われた娘　J・フィールディング　吉田利子訳

百番目の男　J・カーリイ　三角和代訳